非常2+1，亲子游中国

港台玩味

胡芬 主编

APTIME
时代出版
时代出版传媒股份有限公司
安徽科学技术出版社

图书在版编目(CIP)数据

港台玩味/胡芬主编. —合肥:安徽科学技术出版社,
2010.1

(非常2+1,亲子游中国)

ISBN 978-7-5337-4563-9

Ⅰ.港… Ⅱ.胡… Ⅲ.①旅游指南-香港②旅游
指南-台湾省 Ⅳ.K928.965.8 K928.958

中国版本图书馆CIP数据核字(2009)第236109号

编委会名单

宋明静	曹燕华	陈登梅	胡 芬	陈东旭	赵梦莹	沈敏霞
陈 洁	陈 斯	陈 涛	陈 鑫	陈忠萍	董 薇	杜凤兰
方林涛	黄熙婷	江 锐	李 榜	李 波	李 丹	李凤莲
李伟华	李先明	李鑫南	李 雄	李 银	林志平	杨林静
邹炳光	左雷雷					

港台玩味 胡 芬 主编

出 版 人:黄和平

责任编辑:徐浩瀚 邵 梅 陈 军

封面设计:刘 娟

出版发行:安徽科学技术出版社(合肥市政务文化新区圣泉路1118号
　　　　　出版传媒广场,邮编:230071)

电　　话:(0551)3533330

网　　址:www.ahstp.net

E - mail:yougoubu@sina.com

经　　销:新华书店

印　　刷:合肥华云印务有限责任公司

开　　本:710×1010 1/16

印　　张:8

字　　数:166千

版　　次:2010年1月第1版 2010年1月第1次印刷

定　　价:19.00元

西方曾有位著名哲人说过：世界是一本大书，那些从未旅行过的人，仅仅读了这本书的一页。人一辈子，总要有过几次旅行，而若能同孩子一起度过，这旅行便有了更加幸福与深层次的意义。港台，无疑是最适合亲子游的目的地之一。

港台，是中国近代历史和现代城市日新月异的见证。就地理位置而言，它们犹如生长在中国边境的两朵姐妹花，如今，港台大门开敞，热情地拥抱着来自五湖四海的人们，尤其欢迎可爱的孩子们！

宝岛台湾，奇山秀水驰名中外。带孩子去走走外婆家的澎湖湾吧，和孩子大手牵小手，哼着儿歌漫步在金色沙滩上，再在浪花背上寻一寻歌中的那位老船长；去日月潭如魔镜般的迷人湖面上泛舟，欣赏变化多端的五彩水景；畅游阿里山，看云朵从脚下升起，滚滚而来如汪洋大海……这些迷人奇观，每一处都似乎是专为孩子设计的最好的地理知识课堂。

还可以去台北故宫赏绝世珍宝，读悠悠历史；然后前往乡村牧场呼吸新鲜空气，享受台湾式假期；到了夜里，再到天然温泉池中洗去一天的疲惫，到各夜市品尝地道的台湾味儿，过一过韵味十足的"神仙瘾"。

而香港，则是我国通向世界的南大门。繁华街市，购物天堂，让孩子充分领略国际化大都市的开放、包容与高效率快节奏生活。去动感十足的迪斯尼公园，与白雪公主对话，与维尼熊一起冒险，展开想象的翅膀，让童话故事一一实现；或去举世闻名的香港海洋公园，看海豚懒洋洋的舞姿，任鲸鱼从脸边呼啸而过；或让勇敢的孩子登上穿越海面的过山车，在海面行进如雄鹰翱翔蓝天，在疯狂的呼叫声中实现飞越大海的梦想。

白天的香港车水马龙，而到了夜晚，则变成灯的海洋，像五颜六色的烟火溅落人间，又如闪光的长河奔流不息。与孩子穿梭在铜锣湾、旺角鳞次栉比的摩天大厦里时，别只顾选购商店里琳琅满目的各种商品，不妨细心寻找霓虹灯下有名的"二楼书店"，为孩子带来一份难忘的香港文化之旅。

本书以介绍港台著名景区为主要内容，同时还提供给读者两地饮食、住宿与交通等方面的详细实用资讯。愿你能循着本书的指引，开始属于你和孩子的快乐港台之旅。

港台安全大通关

安全符	安全名称	注意事项
	小心溺水	港台的水资源都很丰富，因此在游玩过程中，家长应时刻关注亲水性很强的孩子，提醒他们在沙滩游玩时，不要随意跑到离人群较远的地方，以免发生意外。孩子游泳一定要身着游泳圈，并有大人或游泳教练的陪伴，切不可让孩子单独行动。
	高原反应	台湾许多美景都处在海拔2700米以上的位置，容易使人产生高原反应。为避免旅途"美中不足"，家长可在登山前做好各项准备。如牢记不要在高原地区急速奔跑，也不要做超强体力运动，不暴饮暴食，多吃水果和蔬菜等富含维生素的食物，适量喝水。另外，可随身携带高原康、高原安、百服宁等药物，有效控制高原反应的发生。
	防紫外线	在港台许多动感园区内，如迪斯尼公园，并没有太多的遮阴处，因此一定要随身携带遮阳伞，并时刻记得涂抹防晒霜，多喝水，并准备一些板蓝根之类的药物，避免干燥引起上火。
	防寒防病	台湾的阿里山、太鲁阁、日月潭、合欢山等景点，早中晚温差很大，所以若是晚上需要外出，一定要备好足够御寒外套，小心感冒。

香港篇

台湾篇

第一章　悦山乐水游——见识清新宜人热带风情/63

第二章　书香门第游——品意蕴深长的文化大餐/101

香港篇

幻感迪斯尼，

全世界孩子都梦想的游乐天堂

幻想世界，

让童话故事——实现吧

给孩子的话

　　迪斯尼幻想世界，是一个只要你"向星星诚心许愿，愿望便可成真"的地方！在这里，你可以进入童话故事里的城堡，和美丽善良的睡美人谈天，或是越过城堡吊桥来到一个满载欢乐气氛的庭院，欣赏许多经典故事……

具超高人气的米奇幻想曲

大手牵小手，逍遥童话游

米奇幻想曲，是香港迪斯尼乐园最受欢迎的游乐设施之一。它的室内影院拥有4 572cm宽的超大屏幕，高超的3D特技和逼真的四维视觉效果。另外，影院门口会向游客发放具特殊效果的眼镜，使游客可以刹那间"掉入"一个崭新的童话世界。

影院里，那些童话故事中的人物近在咫尺，仿佛伸手就可触碰。如果有唐老鸭在煮它的鸭子餐，你也能嗅到食物的阵阵香气；如果看见它开香槟庆祝生日，你就会感到脸上有飞溅出的水滴；如果阿拉丁正乘着魔毯遨游世界，你甚至还能感到有不同方向的风配合着从你耳边吹过……

在这个扣人心弦的童话世界里，可爱的米奇老鼠和叽叽喳喳的唐老鸭是当然的主角，它们会给你表演一个个搞笑场面，此外，艾丽尔公主、阿拉丁、茉莉公主、小飞侠、奇妙仙子和狮子王辛巴等也会一一出现。那让童话梦想成真的无限满足感，定会让孩子流连忘返。

给孩子讲背后的故事

沃尔特·迪斯尼，创造了卡通人物米奇老鼠，制作了电影史上第一部完整的动画片，创建了世界上第一座迪斯尼乐园。他简直就是20世纪的英雄。

他1901年12月5日出生于美国的芝加哥，从小喜欢画画。1917年，他到芝加哥就读高中。1923年，他和他的兄弟罗伊，合伙制作卡通电影。

当时家里条件有限，生活很是贫困，睡觉的地方经常有老鼠出没，迪斯尼就经常看着老鼠发呆。一天，罗伊在纸上画了两个大圈。旁边的迪斯尼看到这些圈，突然想到要创作一只会跳舞的老鼠！于是，他将这两个圈当做老鼠的耳朵，又在中间画了个脑袋，这样，可爱的米老鼠形象就诞生了！

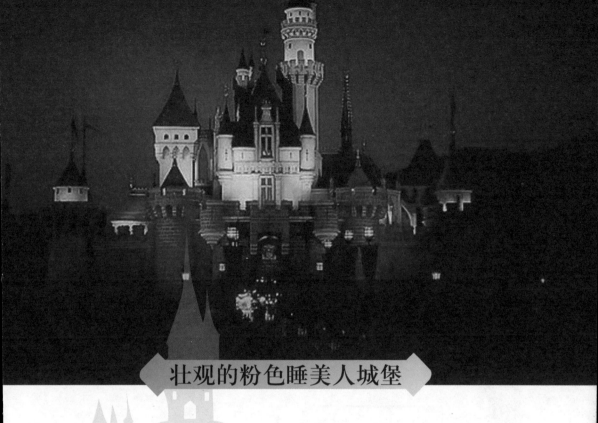

壮观的粉色睡美人城堡

大手牵小手，逍遥童话游

睡美人城堡坐落在幻想世界的入口处，它是香港迪斯尼乐园的中心建筑物。城堡前有个圆形广场，游人从那里出发，可以抵达迪斯尼的其他三个主题园区。

雄伟的睡美人城堡背靠大屿山，景色秀丽。城堡的粉红色墙壁和苍郁的篱笆相互衬托，愈发显得城堡神秘、庄严，从而使它成为园区里最受人喜爱的拍照留影地。

城堡实际高23.4米，但因设计师采用了"强制性视野"的建筑方法，即城堡建筑的底层用大石头，顶部用小石头，使得城堡看上去远远不止这么高。

睡美人城堡上空有颗流星划过的弧线，非常美丽，城堡上端还隆起了大小、高低各不相等的七个塔尖，每个塔尖上都挂了一幅七彩三角旗，远看就像一道迷人的彩虹。其中，中间的塔尖是由24 K的黄金叶片拼接而成，愈发显得城堡尊贵无比。尊贵和梦幻完美结合，睡美人城堡由此熠熠生辉！

追逐幸福的灰姑娘旋转木马

大手牵小手，逍遥童话游

灰姑娘旋转木马，被安排在睡美人城堡的庭院里。它的设计，主要是模仿美国加州迪斯尼乐园的亚瑟王旋转木马。灰姑娘旋转木马共有60匹骏马和两辆马车，所有的骏马都由玻璃纤维制造而成，形态栩栩如生。

骏马身上的图案，选用了紫色、蓝绿色等充满梦幻的颜色，而作为"领导"的头马，鬃毛上则多出几缕金黄色。每辆马车上都备有一个遥控器，用来控制骏马旋转的速度，马车边还有一个拿着花环的天使，象征着皇室的高贵。

游客坐在旋转木马上，可享受"追逐"和"被追逐"的快乐。晕头转向间，不知今夕何夕，孩子们更是快乐得合不拢嘴。

米奇金奖音乐剧群『影』荟萃

大手牵小手，逍遥童话游

来到幻想世界，当然不能错过"米奇金奖音乐剧"了！这里会以颁奖的形式，让孩子找出迪斯尼里最受欢迎的电影和最喜欢的卡通人物。

然后，选出来的众多经典好剧，会被融合成一部25分钟的音乐剧。音乐剧共有24位演唱者和舞者参与，舞台布景千变万化，演员表演融入了体操、杂技、各种特效等，让游客目不暇接，掌声不断。

这里的"人猿泰山"会在绳索上回转，速度快得像飞转的电风扇，如果奥运会有比赛转圈攀爬的项目，他肯定是冠军。当"美人鱼"现身时，游客周围就会有从天而降的泡泡，仿佛自己正置身于海底世界，在美人鱼家做客一样！

不过，要在米奇金奖音乐剧玩得好，孩子们一定要事先做足功课，这样才能最快地找出最喜欢的卡通人物和欣赏他们的表演哦！

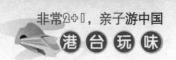
迷人的英式梦想花园

大手牵小手，逍遥童话游

　　梦想花园坐落在幻想世界的正中心，属香港迪斯尼乐园独有，是一个迷人的英式花园。

　　梦想花园设有五个观景亭，造型与风格各异。它们都被娇丽的花儿包围着，即使在花园中漂亮而弯曲的红色栏杆或是拱桥下，都有盛放的花朵。而且，它们都拥有漂亮的喷水池，会撒出珍珠似的水珠，让人幻想连连。孩子们看了，总会偷偷地想，糖果仙子是不是就在这儿练就的美妙舞蹈呢？

　　在这儿，孩子当然可与心爱的迪斯尼朋友快乐地近距离接触了。米奇老鼠、米妮老鼠、高飞、布鲁托、唐老鸭、黛丝、钢牙奇奇、大鼻帝帝、花木兰、木须龙，还有来自百亩树林的小熊维尼以及他的朋友，都会与你热情地握手，调皮地摆姿势拍照与签名，甚至是拥抱，让人难忘！

给孩子讲背后的故事

　　目前，全世界有五家迪斯尼乐园：

　　美国本土的洛杉矶迪斯尼乐园和奥兰多迪斯尼乐园，东京迪斯尼乐园，巴黎迪斯尼乐园和香港迪斯尼乐园。其中，东京迪斯尼乐园被誉为"亚洲第一游乐园"，是目前世界上最大的迪斯尼乐园。

　　而香港迪斯尼是目前世界上最新也是最小的，但却是最有潜力的迪斯尼乐园。因为香港迪斯尼融合了中国的特色文化，比如在梦想花园中建观景亭、播放动画片《花木兰》等。在香港迪斯尼乐园内，语言也丰富多彩：普通话、英语、粤语，中西合璧，满足不同人群的需要，能让游客玩得更畅快。

淘气小熊维尼历险之旅

大手牵小手，逍遥童话游

小熊维尼历险之旅，也是去迪斯尼不可错过的项目。坐上小熊维尼日夜抱着的"蜜糖罐"，游客立刻有穿越仙境的错觉，仿佛自己正和维尼一起冒险！

"蜜糖罐"其实是电动火车，在电脑的控制下，带着游客穿越维尼常玩耍的百亩森林。这森林的天气阴晴不定，有时电闪雷鸣，让人心惊胆战，有时又阳光明媚，让人心旷神怡。

火车奔驰过程中，游客经常会遇到可爱善良的小熊维尼，它一会儿正在贪吃蜂蜜，一会儿又憨态可掬地向游客挥舞着手臂，好像是想请游客和它一起享用蜂蜜！还有维尼的那些朋友："前翻滚、后翻滚"，整天精神饱满、忙个不停的跳跳虎；个子小小，却好奇心极强的小猪皮杰；多愁善感，经常遗失尾巴的驴子屹儿等，都会跑出来和游客热情地打招呼呢！

你有时会感觉它们触手可及，但它们都会闪电般躲开，或许是怕这"蜜罐"似的火车撞到它们吧！

· 温暖提示 ·

"小熊维尼历险之旅"的游乐设施，经常需要排队等候。为节约时间，游客可在迪斯尼园区内将门票插入"快速通行卡"发放区的印票机，换取一张"快速通行卡"。取得卡片，就意味着游客在此已预定了门票，这时，游客可继续享用乐园其他设施，然后在预定时间内返回，再好好享用这个游乐设施。

"小小世界"浓缩世界景观

大手牵小手，逍遥童话游

　　"小小世界"是一处微缩型景观。在这儿，游客可乘船绕水道航行，沿途欣赏"浓缩的"欧洲、美洲、亚洲等10多个不同地区的美丽场景，这些场景中穿插着10多个木偶和38个迪斯尼经典卡通形象，的确是"浓缩的精华"！

　　这里的亚洲场景添加了中国的长城、京剧脸谱等元素，并配上中国传统乐器演奏的背景音乐，使得迪斯尼平添几分亲切感！

　　来到"小小世界"，还有一样不得不说，就是它的主题曲——《世界真细小》。它旋律轻快，用9种不同的语言演绎，而香港迪斯尼还加入了广东话、普通话、韩语和菲律宾的塔加拉语，非常悦耳与丰富。如果孩子会用三种以上的语言跟唱，自豪感会大大提升，对于以后的学习也会很有帮助。所以，一定要让孩子提前预习一下哦！

疯帽子旋转杯令人眩晕

大手牵小手，逍遥童话游

　　沃尔特·迪斯尼创建疯帽子旋转杯的灵感，来源于动画电影《爱丽丝梦游仙境》里的疯狂茶会。而在这里，有一系列五彩缤纷的大茶杯和碟子，带领游客在充满欢乐的爱丽丝仙境里旋转。

　　疯帽子旋转杯共有18个大茶杯，分别"扣"在3个会转动的底盘上，游客可根据需要，调节杯中按钮，来控制旋转的幅度和速度。

　　整个游乐设施上空有顶篷覆盖，旋转杯从里到外，用了大量的美丽图案和符号，地板上还有螺旋形的图案，融合《爱丽丝梦游仙境》中美妙的背景音乐，使得游客时不时以为自己在梦游呢！

幻想世界火车站，开向未来

大手牵小手，逍遥童话游

　　幻想世界的火车，其实是旧式单轨蒸汽火车。它独特的造型不仅能让游客听着窗外烟囱的"呜呜"声响，体验乘坐蒸汽火车的快乐，还能带你环游整个迪斯尼一周，让你不费一点"拳脚功夫"，就能饱览园区内所有美丽的景色！

明日世界，

等你发现更多太空奇迹

给孩子的话

你做过这样的梦吗？成为勇敢的太空战士，向未来发起全速进攻……这些梦想，迪斯尼的明日世界都会帮你实现！在这里，你可以和巴斯光年携手拯救宇宙，或亲自驾驶太空船，飞往任何一个你想去的星球！

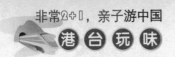
飞越太空山，"超刺激的过山车"

大手牵小手，逍遥童话游

飞越太空山，就是乘坐那个速度快到不可思议的过山车。但与过山车不同的是，整个飞越太空的过程，是在缀满"行星"和"恒星"的室内宇宙天幕中进行的！太空车在黑暗中不断扭动、急坠、拐弯，让游客的心为之震撼起伏，再加上惊险音乐的衬托，更让人充分体验往来无边宇宙的刺激与兴奋。

游客坐上太空车系好安全带后，旁边的扶手就会自动调节高度，将身体紧紧锁在座位上，所以游客可以放心，这是个有惊无险的游戏。然后太空车开始匀速滑行，进入到一个无限黑暗的空间——太空。其实从外面看，太空像一个银色的巨型蒙古包。

之后太空车开始加速，越来越快，"嗖"的一下，好像冲到了山的巅峰。如果你比较胆小，此时就可能忍不住闭眼尖叫。待睁眼后，发现眼前一片星光灿烂，真是美丽极了！

正当你陶醉其中时，忽然太空车猛然坠落，像失控的飞机，急转猛降。这时，就算你想尖叫，或许都会被害怕得不敢出声了，因为下一秒，谁都不知道自己会被抛向何方。恐惧感填满了整个心室，让人暂时失去思考的能力。

这种"超刺激的过山车"，是任何一个别的游乐场所都不能给予的，因此它是迪斯尼最受欢迎的设施之一，游人无不争先恐后来体验一把！

· 温暖提示 ·

在飞越太空山的入口处，有"请保持微笑"的标语。这是因为在太空的一些神秘位置已设有柯达快照，会自动偷拍下游客旅途中最兴奋的时刻，等到走出乐园时，再到位于美国小镇大街的柯达冲印室购买就行了。

反斗奇兵，巴斯光年星际历险

大手牵小手，逍遥童话游

巴斯光年历险，是一款互动式游乐设施。它以动画片《玩具总动员》中最受欢迎的卡通人物——巴斯光年的形象为基础而制作。在这里，游客可自己操纵星空飞船在太空中旋转，并寻找邪恶的敌人——银河系复仇者索克天王，然后用激光炮瞄准目标发射，消灭他们，以帮助巴斯光年保卫太空。

飞船呈贝壳形，可容纳两人，并可做360°旋转，让游客从不同的角度射击目标。聚焦的夜光灯、超大型的玩具道具、变换的霓虹灯，都显得生动多彩，别有一番情趣。

·温暖提示·

星空飞船里有个计分器，是用来记下游客消灭坏人后的战绩，如果游客最后得分达到99999分，就会被授予"银河英雄"称号，并发放荣誉证书和奖品哦！

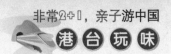
太空飞碟，在N多星球间穿梭

大手牵小手，逍遥童话游

相比让人恐惧到失声的"飞越太空山"，在太空飞碟这里就优雅很多。游客可挑选富有童话色彩的飞碟，鲜橙色、草莓色、苹果绿、紫色等，然后轻松驾驶着它们，逍遥漂浮在湛蓝的天空中，在大大小小的星球空隙中穿梭遨游，探索无边的星际！

给孩子讲趣味现象

太空环境和地球环境有什么不一样？

太空中没有空气、没有重力，却有着充满危险的太空辐射。如果人类去太空生活，肯定会闹出许多笑话，比如走路脚跟不能着地，像是在空中飘浮；张嘴吃饭时，却一粒米饭也吃不到，它们全都洒向了远方……

那宇航员是怎么吃饭与睡觉的呢？原来，他们的食物都密封在专用袋子或罐子里，等到要吃时再像挤牙膏一样，挤到嘴里就行了；厕所除经过特殊设计外，宇航员每次如厕，都要用脚套和皮带将自己固定；睡觉时，就把自己"锁"在睡袋里，这样就不会一睁眼，看到自己飘睡在半空中了！

会喷水的UFO地带

大手牵小手，逍遥童话游

　　这里的UFO，可不是指天上的飞碟，而是一个充满喧闹气氛的喷水花园。只是它采用了外太空的设计模型，所以被称作"UFO地带"。它就像是明日世界的一块绿洲，以轻松玩水为主题，内设喷水枪、制雾器、小水池等各种游乐设施，供游客快乐戏水。只要游客按下相应设施的按钮，它们就会自动喷出水柱、泡泡、水雾等。人们玩够了其他迪斯尼的疯狂设施，最后来这里轻松打水仗就是再适合不过的了，既消暑，又安全，还惬意！

安全小提示

　　迪斯尼有些玩水的娱乐设施，还是可能将游客身上弄湿。所以，家长在进入迪斯尼之前，最好在包里给孩子预备一两套替换衣服，以免孩子穿湿衣服导致感冒。

探险世界，

进入神秘的世界惊奇之旅

给孩子的话

　　探险世界模仿了亚洲和非洲地区原始森林环境，处处激起人们前去打探一番的好奇心！在这里你会穿越各种奇怪的河道与险地，神秘而刺激，当然，也能欣赏到美丽的风光！

神秘森林河流之旅，惊险刺激

大手牵小手，逍遥童话游

酷夏时节，最适合搭乘经典动画片《非洲皇后》里的历险船，进行惊喜刺激的森林河流之旅了！顺着森林秘道前进，每个转弯处都有诡秘或奇怪的事情发生，让人不止一次的心跳加速！

在历险途中，你还会看见大象洗澡的可爱模样、河马张嘴觅食的夸张表情、鳄鱼虎视眈眈像要吃人的恐怖样子；原本平静的湖面，总是无端地喷出无数水花，再加上背景音乐的衬托，让人感觉仿佛下一秒就会被河水吞没！

沿着河道，一路跌跌撞撞，总算来到神秘的柬埔寨遗迹。这里的画面更叫人震惊，险恶的眼镜蛇、样子恐怖的蜘蛛、被人打扰而显得异常愤怒的部落勇士、奇形怪状的花朵和树木，无不让人心生恐惧！最后，由火炬、洪水暴发而形成的精彩效果，让整个历险过程达到高潮。

> **·温暖提示·**
>
> 森林河流之旅的解说语言，有英语、普通话、广东话三种。你在排队乘坐"探险船"时，可别忘了抬头看看船上的语种标示，选择你最熟悉的语言上船。如果搭错了船，整个行程可能就会因语言不通而让趣味打折了哦！

乘木筏去探访"泰山树屋"

大手牵小手，逍遥童话游

木筏，是前往泰山树屋必乘的交通工具；而泰山树屋，就是"人猿泰山"的家。泰山树屋坐落在探险世界中央的泰山小岛上，它就是根据动画片《泰山》而建。

泰山树屋建在高19米的树上，由10 000块树叶拼凑而成，游客可沿沉船拼凑的旋转楼梯上去。河边的树底下，就是布教授的世界。试管、望远镜、植物、昆虫，都是他研究的对象。还有锅碗瓢盆做的乐器、拉一拉就会唱歌的蔓藤、大声吼叫就可生火的炉子，仿佛让人回到20世纪，正在非洲旷野上探访呢！

泰山树屋由3间小屋组成，分别代表了泰山不同的人生阶段。

第一间小屋

这间小屋，是泰山父母被豹子杀死的地方。游客走进屋里，会发现这儿好像被彻底搜查过，桌子上、地上，满是豹子脚爪抓过的痕迹，家里的家具被扭得面目全非。屋子里还有一具白骨，据说就是泰山的父亲。走近白骨，游客或许还能感觉到豹子的吼叫，和它呼出的热气……

第二间小屋

这里有很动人的场面：卡娜正在给泰山喂食物，原来泰山就是这样被她养育成"人"的呢！

第三间小屋

这是三间小屋中最大的一间。在这屋里，充满男子气概的泰山已长大成人，正热心地给珍妮充当模特，让她画画！

狮子王庆典，见证辛巴的荣耀

大手牵小手，逍遥童话游

《狮子王庆典》是一部百老汇式歌舞剧，取材于动画片《狮子王》，历时长达30分钟。它结合澎湃的音乐、动感的舞蹈、七彩的服装、高超的特技，将拥有2 250个座位的大型剧院转化成了一个奇妙的环境，让观众犹如置身辛巴的世界当中，陪它一起成长、一起冒险。

《狮子王庆典》是香港迪斯尼所独有的游乐项目。它有四个巨型舞台，会从两个不同的方向进入场中。第一个舞台上，是坐在荣耀石上的辛巴；第二个舞台上，有大象和转动的树枝；第三个舞台上，则是一头可爱的长颈鹿；最后一个舞台，被彭彭和丁满占据着。

与舞台动物同一时间出场的，还有穿着盛装的演员、天空中五彩缤纷的彩色、彩纸等道具。动物、特技演员、舞者慢慢靠拢集合，旁边还有两只调皮的猴子在做讲解。壮观的场面让人看得人目不转睛，尖叫声不断！

美国小镇大街，

踏进时光隧道回到20世纪

给孩子的话

　　踏进美国小镇大街，你或许以为这里的时钟出了问题，怎么，这儿还是20世纪初的美国市镇面貌？不过可真有趣，镇上有别具特色的商店和餐厅，还有乐队在街上精彩巡演，更有可爱的卡通人物全部闪亮登场……

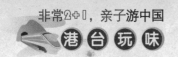

"星梦奇缘"烟花表演，闪亮落幕曲

大手牵小手，逍遥童话游

"星梦奇缘"烟花表演，是迪斯尼每天的落幕曲。它在雄伟的睡美人城堡举行，仿佛是要为即将离开乐园的客人画上一个圆满的句号。

灿烂绚丽的烟花，会将夜空照得极其璀璨迷人。烟花出现的每一幕，都有美妙的迪斯尼音乐陪伴。而被烟火包围的睡美人城堡，则不停地变换着色彩，紫色、黄色、蓝色、红色……奇幻闪烁的彩色光芒，犹如仙女在城堡的上空施魔法。

·温暖提示·

美国小镇大街位于睡美人城堡正对面，是观赏"星梦奇缘"烟花的最好位置。烟花每天晚上7：30开始，如遇暴雨、台风等特殊情况，就会另行安排。每天的烟花持续时间不固定，在10～20分钟。

迪斯尼巡演，戏里戏外人物大聚会

大手牵小手，逍遥童话游

在香港迪斯尼所有的娱乐项目中，巡游表演是最不能错过的了。

这是迪斯尼乐园里的重头演出，每天下午3点半，都会准时开始这个充满欢声笑语的盛大巡游表演。这支巡游队伍由100多名演艺人员组成，从美国小镇大街出发，沿固定路线绕行园区，边巡游、边表演，热闹非凡。

首先，在欢快的迪斯尼音乐声中，十多辆花车在众多乐手与舞蹈演员的簇拥下缓缓登场。然后，许多深受游客喜爱的迪斯尼朋友，比如白雪公主和七个小矮人、拇指姑娘、米奇和米妮、水母、地球超人、钟楼怪人、美女与野兽、海底总动员、人猿泰山等也都鱼贯而出。

看它们站在城堡一样的大花车里，神气地和游人打着招呼，你是不是也想随他们一起前进，一起漫游下去？

让时空倒转的小镇大街古董车

大手牵小手，逍遥童话游

　　小镇大街上有许多古董车，款式有小型巴士、双层巴士、的士等，还有囚车呢，可以载着游客分别去往小镇大街的中央，或是两端的广场。

　　坐着这些复古的交通工具游览乐园，游客可想象出20世纪初美国的繁华景象，感受那真是个充满机会和希望的黄金时代，"凡事都可成真"。

　　这些车中，以囚车最为有趣，车厢外还被铁丝网围着，非常逼真。坐着这样的车出游，还真有点囚犯放风的感觉！

·温暖提示·

　　迪斯尼每天营业时间为10：00～20：00，但美国小镇大街会在乐园开园前半小时开放，这时会有卡通人物出来供游人拍照，所以游客最好提前半小时到达乐园门口，这样可节约时间去玩乐园里的其他设施。

迪斯尼吃住行玩转大攻略

香港迪斯尼共分为四大区，美食数不胜数。每个区都有2～3家主食餐厅，以下是相应区域的餐厅推荐。

● 美国小镇

大街餐厅

餐厅特色 餐厅菜品以中西合璧为主，有176个座位，提供中式早中晚餐。

推荐菜品 米奇形状华夫饼。

人均消费 44～52元/人。

广场餐厅

餐厅特色 典型的中式餐厅，有300多个座位。

推荐菜品 烧卖、虾饺。

人均消费 70～104元/人。

市集饼店

餐厅特色 具有维多利亚特色，同时还有奥地利宫廷的气息。

推荐菜品 松饼、牛角包、港式奶茶等。

人均消费 14～17元/人。

● 探险世界

河景餐厅

餐厅特色 餐厅依探险河而建，提供家庭式小菜，用巨轮转盘上菜，有座位186个。

推荐菜品 焖猪肉丝、炒牛肉片、牛排等。

人均消费 约57元/人。

碧林餐厅

餐厅特色 这是家柜台式餐厅，共有座位245个，主要提供南亚和广东菜式。

推荐菜品 日式照烧鸡拉面。

人均消费 约33元/人。

● 幻想世界

皇室宴会厅

餐厅特色 餐厅布置充满了皇室气派，有720多个座位，提供午餐和晚餐。

推荐菜品 牛排套餐、咖喱鸡套餐、日式拉面、寿司等。

人均消费 约40元/人。

笑匠欢宴坊

餐厅特色 餐厅布置在船梁和灰泥中，有240个座位，主要提供中国西南午餐和晚餐。

推荐菜品 四川正宗的担担面、宫爆鸡丁、蜜味叉烧饭等。

人均消费 约36元/人。

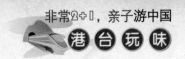
● 明日世界

火箭餐厅

餐厅特色 香港迪斯尼乐园中最大的餐厅，共有座位800个，以美式快餐为主。

推荐菜品 炸鸡、叉烧汉堡包等。

人均消费 39～48元/人。

彗星餐厅

餐厅特色 餐厅轮廓为波浪形，以提供中国江南美食为主，有座位245个。

推荐菜品 竹叶烤鳗鱼。

人均消费 约33元/人。

·温暖提示·

园区内有许多小卖店和小食档，小卖店主要以雪糕、汽水类零食和饮料为主，小食档则以提供热乎乎的零食、咖啡、茶和果汁为主，平均消费在10～20元。

住宿信息大集锦

香港迪斯尼乐园里面，有两个特色酒店值得推荐：

迪斯尼乐园酒店

设施 拥有豪华酒店式客房400间，还有两个餐厅，迪斯尼朋友会与你共进早餐和晚餐。

价格 乐园景房间，约1392元/起；海景房间，约1584元/起。

迪斯尼好莱坞酒店

设施 拥有客房600间，可供应国际自助餐和西式特饮。

价格 花园景房间880元/起；乐园景房间968元/起；海景房间1056元/起。

·温暖提示·

香港和内地电压一样，但插头不同，香港的插头都是采用英国大方孔式的，内地电器根本插不进去。所以游客最好随身携带插头转换器，如没有，也可到酒店前台暂借，很多酒店前台都有备用转换器。

交通资讯供给站

1. 如到香港国际机场下，则下飞机就搭乘地铁，只需10分钟即可到达迪斯尼。

2. 如是坐船，从广东许多城市如广州、深圳等都可坐快船抵达香港国际机场，然后到达迪斯尼。

3. 在深圳皇岗还可乘坐跨境旅游巴士，可直抵迪斯尼。

4. 从香港火车站去迪斯尼乐园，也有乘地铁、巴士、的士等多种方式。

省钱小妙招

1. 在香港旅行，最好办理八达通卡，食宿、交通、购物都会有相应折扣。旅游完毕，可将卡片退掉，拿回押金。在港铁各车站和机场都有卡片出售。

2. 八达通卡刷完一次后，需间隔10分钟后才能再刷，也就是说两个人不能同时使用一张卡。但八达通卡有多种类型，如果孩子介于3～11岁，可为其购买"小童八达通"，乘车时都有半价优惠；其余人群，可进入八达通系统内，网上办理"特别用途八达通"，3天无限次乘坐地铁，及赠送一张或两张到机场的单程票，最少可节省40～100元的费用。

3. 园区内水和零食都很贵，可在进园前，在包里放上一点水和食物，但注意不要太多。或者带个空水瓶进去，乐园里面有供应直饮水。

4. 迪斯尼乐园平日成人票要295元，节假日要350元。但如果在网络上如淘宝网上购买，成人票就只需220元，节假日只要270元，还可节约排队购票时间。

·温暖提示·

在香港，乱丢垃圾、随地吐痰、乱穿马路、坐的士没有系安全带等，都会被罚款，最低1000元。所以家长一定要让孩子养成良好的行为习惯。

另外，在香港地铁里是禁止吃东西的，如被发现就会被罚款1600元以上，所以也请小心为妙。

安全大通关

☀ 防日直射：★★★★★　　　　🤕 小心头昏：★★★★★

⚠ 小心溺水：★★★☆☆

亲子快乐小问号

1.迪斯尼有四个区，你最喜欢哪个区？

2.为什么说创造米奇老鼠的那个人，是20世纪的英雄？

3.泰山住的树屋在哪里？你喜欢吗？

4.《狮子王庆典》太壮观了，它一共有几个巨型舞台？

5."星梦奇缘"烟花表演好看吗？它在哪里举行的？

6.走完美国小镇大街，你最大的感受是什么？

第二章

海洋魅力游，

上山下海玩转海洋公园

海洋天地，让人心醉的世界

　　美丽的海洋天地，是海底动物们的家。在这里，多姿多彩的水母、奇形怪状的海鱼、凶猛而又庞大的鲨鱼都会出现在你面前，它们或与你擦肩而过，或在你头顶嬉戏，仿佛你也是海底的一员，正优哉游哉地与它们同行！

奇妙的香港海洋公园总述

大手牵小手，逍遥海洋游

香港海洋公园，是世界上最大的海洋公园之一，它三面环海，东临深水湾，南临东博寮海峡，西接大树湾。海洋公园建筑分布在南朗山上和山下的黄竹坑谷地。山下为水上乐园，是亚洲第一个水上游乐中心；山上是海洋公园的主要部分，海洋馆、海洋剧场等都分布在此。山上山下，用空中缆车、登山电梯相连，游客可随意往来于两园之间。

空中缆车

山下黄竹坑谷地和南朗山之间，以空中缆车连接，缆车全长1.5千米。游客在离地205米的高空，可仰望蓝天白云，俯瞰广阔海面，那种感觉真是心旷神怡。若遇到天气恶劣，缆车会停止运行。

登山电梯

南朗山和大树湾之间以登山电梯连接，电梯全长225米，是全世界第二长的户外电动扶梯。电梯沿着30度夹角的山坡攀岩而上，不受天气影响，任何时候都可以乘坐。

水母万花筒，最具海底气氛的展馆

大手牵小手，逍遥海洋游

海洋公园的"水母万花筒"，是东南亚首座水母馆，这里收罗了来自世界各地1 000多只漂亮的水母。水母，全世界有250多种，身体呈透明的伞状，"伞"有大有小，最大的可达2米；伞边缘还有柔软、细长的"胡须"，会随身体游动，漂亮极了。

馆内展出的水母姿态飘逸，犹如一群仙子在开会，有的像轻盈的飘带，有的像施了魔法的扫把，还有的像是跳跃着的彩色蘑菇……水母的寿命大多只有几个星期，有的也可活到一年左右，有些深海水母寿命则更长。

另外，水母馆还会以不同颜色的灯光射向水母，加上惟妙惟肖的音乐，营造千变万化的效果，使得游客仿佛能听见水母在私语，也让水母万花筒成为海洋馆最具海底气氛的展馆。

这里较珍贵的水母有：

月水母：月水母身体透明，呈蝶状。饱食后，游客可从它透明的身体中，隐约看到里面的食物。

朝天水母：它们不像其他同类，喜欢在水面漂浮，却沉迷于水底玩乐。

彩色水母：它们有着迷你型身材，会发出五彩斑斓的光，非常讨人喜欢。

啡海刺水母：这种水母很犀利，伞上有漂亮的咖啡色花纹，同时，身上也布满了厉害的毒刺。

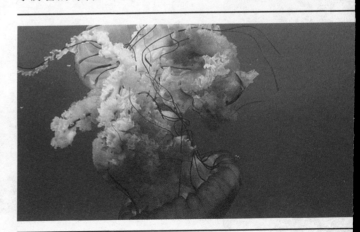

　　水母是一种低等的肠腔动物，同时也是肉食动物。水母身体里99%是水，且伞状身躯由内、外两胚层组成，两胚层间有一个很厚的中胶层，不但透明，还有漂浮作用。它们之所以能游动，得益于身体向外喷水的反射动力。

　　水母犹如带刺的玫瑰，外表美丽，实际"凶猛"无比。它细长的胡须上布满了刺细胞，像毒丝一样，是用来捕杀猎物的。有时人们在海边戏水，会突然感觉前胸、后背一阵刺痛，像被鞭子抽打了一样，那就是水母在作怪：它把人类当成自己的猎物了。

　　水母的伞状身体内有种特别的腺体，会发出一氧化碳，使伞状身体膨胀。这也成了它们躲避敌害或自然大风暴的强有力武器。每当遭遇对自己不利的环境，它们就会自动将气放掉，沉入海底，待环境平静后，再产出气体让自己的身体膨胀。

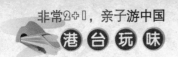

海洋馆，世界最大的水族馆之一

大手牵小手，逍遥海洋游

　　海洋馆是海洋公园的招牌展馆，也是世界最大的水族馆之一。海洋馆建筑呈椭圆形，它利用一个天然山凹，筑成一个三四层楼高的圆形大鱼缸，鱼缸长38米，宽22米，里面养着大鲨鱼、大石斑、海马、海龙、海龟和珊瑚鱼等，约5 000尾、400种海洋动物。

　　海洋馆分为两部分：浅水区和深水区，浅水区水深2米，深水区水深7米，两区海水相通。隔着足有6厘米厚的玻璃，在浅水区建有一条走廊，深水区建有三条走廊，可供游客在海底自由穿梭，欣赏五彩缤纷的海底世界。

　　孩子看鱼，也许会偷偷地想，这里是不是还住着美人鱼呢？这些可爱的鱼儿游来晃去，会不会一眨眼就变成了"鱼精"呢？大人们此时也会浑然忘我，心醉不已。

　　别忘了瞧瞧那些潜伏在水底的鱼王哦，它们身躯庞大，怡然自得，还真有点帝王的风范！

海洋剧场，海狮海豹"闪亮登场"

大手牵小手，逍遥海洋游

　　海洋公园最受欢迎的大型表演，要数海洋剧场里聪明的海豚和海狮的表演了。它们乐于接受训练员的命令，做出各种高难度动作：翻腾、跳跃、救人、顶球等，有时甚至会做出一些搞怪动作，逗得游客合不拢嘴，如向游客敬礼、拍手表示欢迎、倒立认错等。

　　海洋剧场位于山上中央，能同时容纳近4000名观众，剧场中央设有一个长53米、宽18米、深6.3米的巨型水池，每天，海狮、海豹都会在这里"闪亮登场"。另外，和它们一起表演的，还有高空跳水的特技演员，"咚"的一声潜入水中，和海豚比赛游泳！

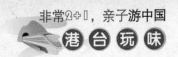

·温暖提示·

因为喜欢看海豚等动物表演的人太多，所以海洋剧场通常是人满为患。里面座位一旦坐满，游客就只能等待下一轮表演再入场。因此，想顺利进入海洋剧场，不能太"准时"，一定要提前约半小时到场。

给孩子讲趣味现象

1871年夏天，大雾笼罩了新西兰海岸，有一艘正在海面行驶的船，艰难地在暗礁中颠簸，连船长都绝望地以为他们会就此完蛋。

突然，船前面出现了一只海豚，它跳跃的样子好像是要带这船离开暗礁，船长决定跟随海豚前进，试试看能否逃生。海豚带着船只顺利地离开浓雾区，绕过暗礁，抵达安全区，正当人们去鼓掌庆祝时，海豚却不见了。

从此，每当有船经过这里，这里就会出现一个奇怪的"领航者"——海豚，尽管这里暗礁重重，但自从有了海豚的帮忙，这里再没有发生船只触礁事件。

鲨鱼馆，与鲨鱼来个亲密接触

大手牵小手，逍遥海洋游

鲨鱼馆里饲养的全是鲨鱼、魔鬼鱼之类，有35种、70条凶猛而又古老的海洋动物。鲨鱼馆面积达3 500平方米，馆内设有一条11.5米长的水底隧道，是用电动行人带，载着游客近距离接触各种鲨鱼。

看着鲨鱼不停地在身边擦肩而过，有时向人"龇牙咧嘴"，有时干脆张开"血盆大口"，游客就会产生"下一秒被鲨鱼吞到肚子里"的错觉，胆小的人会立刻冷汗直冒！此时，就算鲨鱼游泳的姿势再优雅，也难免让人对它敬畏几分！

给孩子讲趣味现象

鲨鱼号称"海中狼"。提到鲨鱼，许多人第一反应是"鲨鱼是杀人狂"，这可让鲨鱼蒙受了莫大冤屈。鲨鱼是水中霸王不错，但说到吃人，可就有点以偏概全了！

鲨鱼属于软骨鱼类，全世界的鲨鱼共有350多种，生活在我国海洋中的鲨鱼多达70多种。它们分布广泛，热带、亚热带、温带、寒带都有它们的身影。鲨鱼是杂食性鱼类，吃人的鲨鱼只是众多鲨鱼中的几种：大白鲨、双髻鲨、锥齿鲨和噬人鲨。只有这几种鲨鱼，在非常饥饿的情况下，闻到血腥味就会攻击人。而其他鲨鱼都是很友善的，它们基本以小鱼、海龟、海鸟等为食。

山上机动城，

寻找直抵心灵深处的刺激

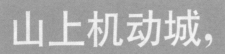

给孩子的话

　　如果说海洋天地是乖巧和安静的，那山上机动城就是疯狂和动感的，这里的每个娱乐设施，都足以让你尖叫到喉咙沙哑，但惊险过后心里又无比舒畅。你知道吗，这里还是《宝贝计划》场景拍摄地呢！

5秒钟让你灵魂出窍的 "极速之旅"

大手牵小手，逍遥海洋游

"未见其人，先闻其声"，远在1千米之外，你就能听到某处有人疯狂尖叫，那肯定是——极速之旅，是机动城里最摄人心魂的娱乐要地。

极速之旅有60多米高，差不多相当于20层楼的高度，三面环水，一面靠山，再加上灯光的效果，使得游客升至高空时，常有在海洋上空盘旋的错觉。

极速之旅又叫升降机，由高耸的双塔组成，每次可载12人。升降机会先载着游客缓慢地登上塔顶，在高空逗留几秒钟，游客可趁此机会一览蔚蓝的南中国海、大屿山的美景。然后，"哗"地一下，升降机突然坠下，犹如铅球在做自由落地运动一样，5秒钟之内掉到了地面。下落时，游客屁股底下感觉凉飕飕的，没有任何附着物，惊心动魄之时，让人连冒冷汗的机会都没有！

中途，升降机还要弹两下，让人以为机器出了故障，更让人心惊肉跳！据说，许多玩过极速之旅的人，下来后，半天都回不了神，还有的人吓得连裤子都尿湿了，足见其惊险到什么程度了。

· 温暖提示 ·

山上机动城的很多隐秘处，都装有自动拍照的相机，它们会记录下你的 "精彩" 瞬间。然后待你玩完设施以后，在不远处的小屋上，能看见许多显示器，不停播放着刚刚拍下的照片，如果看到自己喜欢的照片，可以将它购买下来，顺便可以请工作人员将它们做成钥匙扣等精美挂饰。

在大海上翻腾的水上飞车

大手牵小手，逍遥海洋游

东南亚最大型的"疯狂过山车"

疯狂过山车，是东南亚最大型的过山车，又称"云霄飞车"，全长842米，最高时速达每小时77千米，它集惊险、刺激和尖叫于一身，让人真正体会过山车的"疯狂"！

游客坐上过山车，先慢慢升至842米的高空，俯瞰海洋美景，然后以台风般的速度向下俯冲，偏偏过山车临海而建，所以很让人怀疑，如果一不小心，车子会不会冲到大海里去？

更让人震撼的是，车子向下俯冲时，还要在峰回路转的路上翻腾几下，360°地

旋转，将地球引力和离心力天衣无缝地结合，使得游客体验双重的快感。无论游客是闭眼还是睁眼，都能享受在天空中忘我疾呼的美好感觉！

带你横跨高山和海平面的"越旷飞车"

越旷飞车，应该算是普通过山车的升级版，它比普通过山车刺激百倍。因为它依山傍海而建，飞车在高山和海面上穿梭，游客仿佛有"上天入地"的感觉。

坐上越旷飞车，游客刹那间就被送到离地85米的高空，在这一秒，浩瀚的海洋就在车轮下，群山就在身边，直叫人担心。突然，"哐"的一声，飞车不再沿水平线前行，而是倒转倾斜，以90°的直角向下俯冲，直接从半空中翻腾滑落。那一刻，车上的人，或许会死命地拽住扶手，或许会大声尖叫，以此来释放心中的恐惧，生怕这飞车将自己送入深海之中或甩到崇山峻岭之外。

给孩子讲趣味现象

玩过山车，最后一节车厢比车头更让人觉得刺激。为什么？因为整个车厢在下降过程中，由于受地球引力影响，重力集中在车厢的中部。但最后一节车厢高度比中部高，会因此而产生加速度，使得最后一节车厢在通过最高点时，速度到达最大值，从而让坐在最后一排的人更有种即将被抛离的感觉。车头就不同了，重心在身后，加速度无从谈起，它和车尾比，唯一的好处就是视野开阔。

·温暖提示·

玩极速之旅、疯狂过山车等游戏时，一定要记得将口袋内的杂物、眼镜、手表、耳环等东西清理出来，否则从升降机上下来，东西肯定被风搜刮得"一件不留"。

飞船还是飞鹰，巨轮还是秋千

大手牵小手，逍遥海洋游

翻天飞鹰——搅得你从肠胃到思想都混沌了

这是一个犹如老鹰在空中翱翔的设施。车厢会载着游客像龙卷风一样旋转着飞至上空，一跃而飞的快感，搅得游客顷刻间变得晕晕乎乎；还没来得及调整，忽然车厢又开始急转，此时，游客的身体仿佛不是自己的，而是被"风"牵引着不停旋转的落叶，根本停不下来。

在高空中，每分钟22圈的疯狂转速，无不让人肠胃内翻江倒海，眼冒金星，如果你想体验像老鹰一样在天空翻转再翻转的生活，这里是再适合不过了！

飞天秋千——荡出童年别样的秋千回忆

飞天秋千，光听这名字，就知道它不是那种普通的平地秋千。它在普通秋千中，注入了许多新元素，如秋千除了可高低摆动外，还能随着摆动的节奏做波浪式回旋，或将秋千摇到7米高的天空，让荡秋千的乐趣大增！

摩天巨轮——刺激丛中的一抹平静俯瞰

相对疯狂过山车、极速之旅等游乐设施，摩天巨轮则显得"温柔"得多。乘坐摩天巨轮，慢慢地升至24米的高空，然后在柔柔的海风陪伴下，欣赏这无边无际的美景，惬意极了！此时带孩子前往，可轻松俯瞰海洋公园、远眺南中国海，孩子肯定会被这广阔美景吸引得目不转睛！

· 温暖提示 ·

传说，站在空旷的高处向天祈祷，就会实现自己的愿望。而当摩天轮转到最高处时，就会离星星很近，星星不就是帮人们实现梦想的天使吗？所以，随着摩天轮慢慢转动、升高，当世界变得越来越空旷时，不妨让孩子虔诚地向上天许一个愿望吧，只要这个愿望是真诚的，那它一定会实现的！

海洋公园吃住行玩转大攻略

大嘴小嘴吃天下

海洋公园禁止游客携带任何食物和饮品，但公园内会提供多种美食：热狗、汉堡包、薯条、烧味饭、日式拉面、小吃鸡蛋仔、窝夫、烧鱿鱼等，还有其他许多美食，价格在30～200元。

● 当地好店推荐

怡景餐饮
位置 位于山顶缆车站旁。
推荐菜品 中西美餐随意挑选，进餐时可顺便欣赏深水湾和南中国海的美景。

集古村酒楼
位置 临近大树湾入口。
推荐菜品 烧味饭、家常小菜等。

海洋公园小食亭
位置 公园正门、山上机动城沿路都是。
推荐菜品 汉堡、快餐、茶水等。

住宿信息大集锦

海洋公园周边住宿很方便，价格有高有低，以下推荐两个经济型住宿地：

香港宜必思世纪轩酒店
地址 香港北角渣华道138号。
设施 电视、空调、冰箱、电水壶等都有，但不提供牙刷等个人洗漱用品。
价格 350元/二人间。

香港青年会国际宾馆
地址 香港旺角窝打老道23号。
设施 基本生活用品齐全，提供游泳的场地。
价格 495元/二人房。

·温暖提示·

香港地少人多，寸土寸金，一般三四星级酒店以下的酒店客房都不大，除了床位，就只剩下走路的空间，因此预定低价酒店时，一定要有心理准备。另外，有些低价酒店是不提供生活必需品的，所以在预定前，最好先问清酒店情况。

交通资讯供给站

1. 在香港金钟地铁站或中环天星码头的城巴站可购买"城巴套票"，乘搭城巴629专线可直达海洋公园。套票包含海洋公园入场费和来回车费。

2. 从深圳罗湖过关，花33元到红磡站，出站后再乘坐107路过海巴士，在香港仔隧道广场站下车，然后步行几分钟就可到达海洋公园了。

3. 在机场、火车站，都有直接前往海洋公园的专线地铁。

省钱小妙招

1. 香港绝大多数酒店，连拨打本地电话都要收费，价格从2港元算起。所以如果没有重要事情，尽量少用酒店内电话和外界联系。

2. 香港许多客房内都装有收费电视系统，如果游客打开收费节目15分钟后仍没有换台，酒店的电视系统就会自动收费。所以，你在看电视时，一定要先弄清此节目是否免费。

3. 可在香港中旅购买海洋公园套票，相对来说，每人可节约几十元。

安全大通关

⚠ 小心溺水：★★★★★　　⚠ 防止腹泻：★★★☆☆

亲子快乐小问号

1. 海洋公园真好玩，你最喜欢哪里？为什么呢？

2. 水母真漂亮，它有一套很特别的躲避敌害的方法，你还记得是什么方法吗？

3. 海洋馆的鱼可真多，你最喜欢哪种鱼？

4. 为什么说坐过山车的车尾比车头更刺激呢？

5. 所有的鲨鱼都是杀人狂吗？为什么？

第三章

香港文化游，

全面见识这颗璀璨明珠

湾仔,

纪念香港回归的美丽金紫荆广场

给孩子的话

　　紫荆花是香港的代表。在香港湾仔北部，有一朵永远不会凋谢的紫荆花，它全身金光闪闪地伫立在金紫荆广场上。

紫荆花永远盛开的广场

大手牵小手，逍遥风情游

　　金紫荆广场是为了纪念香港回归祖国而建立的。1997年7月1日，香港特别行政区成立，中央政府赠送香港特别行政区一座金紫荆花铜像，铜像被安放在香港会展中心旁，与大海相对，后来这个地方就被称作"金紫荆广场"。

　　永远盛开的紫荆花，高6米，通体金光闪闪，花朵含苞待放，犹如一个聚宝盆。它不仅白天耀眼，在夜色中更会与月亮争辉，白天黑夜不眠不休，仿佛预示着香港经久不衰的繁荣和昌盛。

　　在紫荆花的下面，有一座"香港回归祖国纪念碑"。纪念碑高20米、宽1.6米，分基石、碑柱和柱头三部分，基石和碑柱采用坚实耐久的麻石为材料，柱头则以青绿色锻铜为主，柱身正面，刻着国家前主席江泽民的题字，它象征着香港主权回归中国，自豪而荣耀。许多游客在此留影拍照，以表达爱国之情。

　　金紫荆广场还是"幻彩咏香江"的最佳观赏点。"幻彩咏香江"是一项世界级多媒体灯光音乐会演，每晚8点，在维多利亚港沿岸的多座摩天大楼进行，历时13分钟34秒，喜欢音乐的人都要特意留出时间去欣赏哦。

准时而壮观的升国旗仪式

大手牵小手，逍遥风情游

在金紫荆广场上空，飘扬着中国的国旗和香港特区的区旗。在国歌声中，它们每天早上8点钟准时升起，晚上6点降下。每月的1日、11日、21日早上，都会有15名身穿礼服的警员，在金紫荆广场主持升旗仪式。每年的7月1日、10月1日，金紫荆广场的升旗仪式会变得更加隆重，特区的主要官员会出席庆祝，直升机在悬挂国旗、区旗的广场上空盘旋，消防船还会进行喷水表演，场面很是壮观。

升旗仪式对民众完全开放，但入口处有个"观礼规则"：任何人士出席在金紫荆广场举行的升旗仪式时，必须保持庄重，在国旗和区旗升起时肃立致敬。任何人士如不遵守秩序或骚扰升旗仪式进行，会被要求离场。这说明了香港的文化内涵和遵纪守法程度，这也是香港独特魅力展现所在。

吃住行玩转大攻略

大嘴小嘴吃天下

海鲜当然是湾仔的美食特色。石斑鱼、苏眉、红脚虾、野生虾、和乐蟹、青膏蟹、墨鱼仔、扇贝、海胆等海鲜美味，这里一应俱全。

● **当地好店推荐**

湾仔海鲜饮食步行街

地址　湾仔中心路与江海路交接处，毗邻湾仔市场和湾仔文化中心。

交通资讯供给站

1. 乘港铁至湾仔站下，沿路标向前，然后步行15分钟左右就会看见金紫荆广场了。

2. 在尖沙咀的天星码头，搭乘前往湾仔的天星小轮，下船沿路标步行约3分钟即可到达。

3. 在市中心，搭乘城巴25A、25C，或九巴961至香港会展中心站下，下车即可看见紫荆花。

住宿信息大集锦

香港丽都酒店

地址　湾仔皇后大道东387～397号。

设施　交通方便、卫浴设备齐全。

价格　约430元/标间。

香港华美粤海酒店

地址　湾仔骆克道57～73号。

设施　备有按摩室和桑拿浴室。

价格　520元/标间。

亲子快乐小问号

1.金紫荆广场的名字是如何来的？

2.这里的紫荆花像一个聚宝盆，它似乎在预示着什么？

3.金紫荆广场的升旗仪式有什么特别之处吗？

尖沙咀，

让流行和艺术齐飞

给孩子的话

　　尖沙咀是香港九龙最热闹的地方，购物、娱乐与学习，都可以在这里完成，典型的"亦动亦静亦妖娆"。这里让中西合璧的香港文化尽情展露，是亚洲文化艺术活动最具活力的地方！

让人一饱耳福的香港文化中心

　　香港文化中心位于香港繁华的尖沙咀旁。文化中心的屋顶呈滑梯状，整体建筑呈回形刀的刀背样，包括演艺大楼、音乐厅、大剧院、剧场、新香港艺术花园等，是各类文化艺术活动表演的主要场地。在这里，音乐会、歌剧、音乐剧、大型舞蹈、戏剧、实验剧等各式演出数不胜数，同时还是电影评选、会议、展览等活动的理想场所。

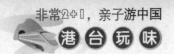

外壳如鸡蛋的香港太空馆

大手牵小手，逍遥风情游

　　香港太空馆毗邻香港文化中心。它是香港第一所以推广天文和太空科学知识为主题的天文馆。它占地8000平方米，独特的蛋形建筑设计和香港文化中心相互辉映，成为香港独有的文化标记。

　　太空馆可分为东西两边，东边是太空馆的核心，天象厅、太空展览厅等都分布于此；西边则主要是天文展览厅、演讲厅、天文书店等。

· 温暖提示 ·

　　太空馆自己制作的天象节目，大部分以粤语旁述。天象厅内设有同声翻译的耳机，观众可选择粤语、英语、普通话或日语等，收听自己熟悉的语言旁述。

香港艺术馆带你见证历史艺术

大手牵小手，逍遥风情游

　　香港艺术馆位于香港太空馆旁边，楼高五层，里面设有展览厅、演讲厅、户外雕塑园、艺术馆和艺术品展销等许多场地。

　　香港艺术馆其实是康乐及文化事务署辖下的博物馆之一，以保存中国文化遗产和推广本地艺术为宗旨，到现在已搜集到的藏品有12800多件，共分为四大类：中国书画、中国文物珍品、当代香港艺术、历史绘画。

吃住行玩转大攻略

大嘴小嘴吃天下

尖沙咀，是香港潮流美食的集中地。比如香港人排队购买的鸡蛋仔，外酥里嫩，老远就可闻到一股蛋香，无论是视觉还是味觉，都能让人大大地享受一把，确实值得一试！一般12元一盘，22元两盘。

交通资讯供给站

1. 无论在哪里，都可以乘坐地铁到尖沙咀站F出口，然后依指示牌步行约3分钟，即可到达香港文化馆，然后依次抵达香港文化中心、香港艺术馆。

2. 从中环或湾仔乘坐天星小轮到尖沙咀下，然后向前步行几分钟即可到达目的地。

住宿信息大集锦

尖沙咀区是香港廉价宾馆的集中地，而重庆大厦又是尖沙咀住宿的集中地。

重庆大厦分A、B、C、D、E座，共17层。入住重庆大厦，一定要选有政府发放牌照的宾馆，这样卫生与安全才能有保障。

·温暖提示·

重庆大厦的1～3层基本以商铺为主，放眼看去都是印度人、东南亚人、黑人等，他们大多是来香港做生意的。大厦24小时有值班保安，所有公共区域如走廊、楼梯、电梯等，都有摄像头监控，所以安全问题完全不用担心。

亲子快乐小问号

1.香港文化中心的建筑和设施有哪些特别之处？

2.在香港太空馆自己制作的天象节目中，你学到了哪些太空知识呢？

旺角铜锣湾，

繁华街道上的"二楼文化"

给孩子的话

　　来到香港，书店是一定不能遗漏的。香港的书店别具特色，它们大多跻身在闹市的二楼，只要你抬头，在五颜六色的霓虹灯中，总能看到许多书店的显眼招牌，因此，它们也被称作香港驰名中外的"二楼文化"！

被挤到二楼的书店，店小乾坤大

大手牵小手，逍遥风情游

　　香港的"二楼书店"，据说起源于20世纪50年代，是一群读书人为改变香港"文化沙漠"的现象而创办的。当时，由于香港地价昂贵、寸土寸金，底楼的店铺都被利润高的金银首饰、化妆品、时装、电器等行业占据，利润薄的图书只好"升级"到二楼，这也使香港的"二楼书店"独具风格，成为香港文化一道亮丽的风景线。

　　"二楼书店"混迹在五彩的霓虹灯或多变的广告牌下，游客如果不抬头，很难发现它们的身影。就算看到了招牌，要找到书店也还得费一番工夫，游客需先找到上楼的入口，入口多是不起眼的小门，顺小门登狭窄的楼梯而上，这才能看到楼上的书海天地。

　　"二楼书店"店小乾坤大，小小的格子间里，总是汇集了中国上下五千年历史，包揽世界万千气象，难怪许多外国人都喜欢来这里淘宝！最有趣的是，这里"麻雀虽小，五脏俱全"，在狭小的空间里，店老板居然能另辟天地，设上小小的咖啡吧，书香伴着咖啡香，让人心生惬意。

鳞次栉比的旺角书店街

大手牵小手，逍遥风情游

香港旺角西洋菜街，是香港最繁华的地段，也是著名的"书店街"。在这短短百米街道上，有近十家特色书店，它们在霓虹闪烁的半空中，散发着独特的香味。

田园书屋

田园书屋位于旺角西洋菜街56号2楼，它是这条街上年龄最老的一间，已有20多年的历史。田园书屋不足40平方米，但小小的空间硬是被书本塞得满满当当，以至于客人进出书店，不得不侧身而过。

这里以纯文学、艺术、哲学书籍为主，如《诗经》《红楼梦》《艺术哲学》等。类似股票指南、心灵鸡汤类图书，在这里是完全没踪影的。这里书籍可打8折，相对于不打折扣的香港大书店来说，划算得多，所以这里总是门庭若市。

乐文书店

乐文书店位于旺角西洋菜街52号3楼，离田园不过一楼之隔。这里的图书70%来自台湾省，文学、历史和哲学类书籍占大多数。所有的书籍都可打7~8折，如果满100元，还能赠送10元购书券。

·温暖提示·

香港的书店，许多是一家一个主打，比如乐文书店以我国台湾省书籍为主，曙光书店以欧美书籍为主，还有尚书房、国风堂，则是以内地书籍为主，它们组合起来，仿佛是一个小型的世界图书博览会。如果游人想赶时间，可直奔自己喜爱的特色书店，这样可节约不少时间。

反映港人读书温度的铜锣湾

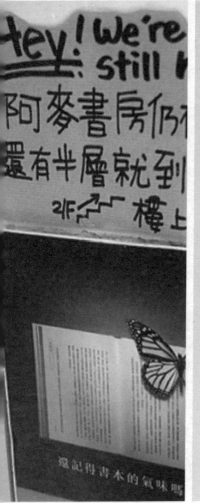

香港的二楼书店不仅限于旺角，在铜锣湾的书店也非同寻常。

阿麦书房

阿麦书房位于铜锣湾恩平道52号2楼A室，书房里有个大冰箱，里头放的不是食物，却是一张张唱片。轻柔的音乐混合着书香，温暖的就像是自家书房，很容易让人一头栽进店里，不肯出来。

阿麦书房只有20多个平方米，却汇集了我国香港本土、内地、台湾，甚至是海外的许多中英文书籍。阿麦书房不仅仅卖书，它还自己出版CD和杂志，并与其他二楼书店合作，时不时开办音乐剧、书展等活动，使得它在香港的二楼文化中独树一帜！

皇冠书屋

皇冠书屋位于铜锣湾轩尼诗道东角中心新翼SOGO百货11楼。它地理位置好，所以从来不愁客源。皇冠书屋也有自己的特色，就是日本小说非常多，而日本悬疑小说和推理小说正好很符合当下香港人阅读的口味。

此外，皇冠书屋还设有旅游、烹饪、亲子等图书专架，算是一个综合性书店。也正因皇冠书屋是一个综合性书店，所以最能直接反映读者的需要，也最能反映港人读书的温度。

吃住行玩转大攻略

大嘴小嘴吃天下

旺角美食

● 咖喱鱼丸

据说咖喱鱼丸是香港人从小吃到大的美食，基本是每个小吃店都有。评判鱼丸质量好坏，得看鱼丸的肉质和吃进嘴是否弹牙，然后是烹调咖喱鱼丸的"咖喱胆"味道是否够鲜。咖喱鱼丸分超辣和不辣，游客可根据口味选择，选择辣味时，如果能再加上一点甜酱，甜辣结合就更有味道了。

● 烧卖

这里的烧卖可不是茶楼里那种虾蟹肉烧卖，而是用外表平淡无奇的鱼肉做的烧卖，加上甜酱、辣油后，就是一道别具特色的美食了。

● 当地好店推荐

旺角小馆
地址 南长区红星路229号阳光广场C区18～25铺。
推荐菜品 港式粉面、烧味鸡等。
人均消费 50～100元。

铜锣湾美食

铜锣湾的小吃遍布街头巷尾，鱼丸、仔糕等应有尽有。

● 当地好店推荐

渣甸街（著名美食街）
地址 崇光百货的对面。
推荐菜品 港式粥、潮沪菜品。

61

住宿信息大集锦

旺角住宿

香港新迎宾馆（属青年旅馆）

地址 香港九龙旺角亚皆老街83号先达广场，先锋大厦6楼617。

设施 电视、空调、独立厕所，有网线。

价格 380元/三人间。

铜锣湾住宿

宏发宾馆

地址 铜锣湾百德新街47号，百德大厦A座3楼。

设施 浴室、空调、电视、卫生间都具备，还有免费电脑房，可免费上网。

价格 430元/间（大床）。

交通资讯供给站

1. 搭地铁到香港旺角地铁站D3或E2出口，下车即到西洋菜街，然后步行逛街时就可看到"二楼书店"了。

2. 从深圳罗湖口岸出发，坐广九铁路到尖沙咀，然后乘地铁港岛线可直抵铜锣湾的SOGO百货。

亲子快乐小问号

1. 香港的书店和其他地方有什么不同吗？

2. 田园书屋和乐文书店，它们分别以什么书为主打？

3. 铜锣湾的书店多是综合性书店，这里什么书最受欢迎？

台湾篇

悦山乐水游

第一章

——见识清新宜人热带风情

阿里山，吞云吐雾新天地

　　"高山清，涧水蓝，阿里山的姑娘美如水啊，阿里山的少年壮如山……"美妙民谣将阿里山明媚迷人的风光，唱得生动而充满了灵性。真的，"不到阿里山，不知台湾之美"，到台湾玩，当然要去阿里山！

『阿里山五奇』之绿海森林

阿里山地跨台湾的南投、嘉义二县，它并非一座孤山，而是由大武峦山、尖山、祝山、塔山等18座大山组合而成，连绵不绝，因此森林资源相当丰富。游人漫步林间，不仅可以呼吸沁人心扉的空气，还可感受到茂密森林带来的多变美感。

阿里山海拔较高，所以植物呈热带、温带和寒带四个区分布。从地面到海拔800米一带为热带林，代表植物有龙眼、相思树、杉木、麻竹和桂竹等；800～1800米盛产樟木、楠木等；温带则是指海拔3000米以下、1800米以上的地区，主要分布着阿里山五木——铁杉、台湾扁柏、华山松、台湾杉和红桧；至于3000米以上，则全部都是寒带林区，主要生长台湾冷杉。

如果带孩子站在高处，俯瞰阿里山森林，会发现森林就像是一片绿色的海洋。尤其当山风扫过，那"绿色海洋"还会掀起一层一层的波浪，汹涌起伏，波澜壮阔！那情景，丝毫不亚于激情澎湃的大海，甚至比大海更多了一份神秘气息！

"阿里山五奇" 之奔腾的云海

大手牵小手，逍遥山水游

阿里山奇景数不胜数，云海就是其中之一。阿里山的云海驰名中外，因为这里的云层翻腾时极具神秘感，人们见此奇景，总会情不自禁地想，那些会飞的神仙是不是就在这里练就的"腾云驾雾"本领呢？

尤其在气候干冷的秋冬季节，游人登高远眺，会发现云海时而像连绵起伏的冰峰，幽幽地从山谷中冒出；时而又像海浪翻飞的大海，从天外滚滚而来；时而又像漫天飞舞的棉絮，铺满大地。总之，云海瞬息万变，就像孙悟空手里的金箍棒，具有无穷的神奇变化力。

人站在高处，看着白云从山谷慢慢升起，缓缓地来到脚下，听着呼呼的山风吹动树林，沙沙作响，孩子们也许还会产生一种幻觉，以为自己此刻正在玉皇大帝家里做客呢！

· 温暖提示 ·

神木车站前的"二万坪"、阿里山的慈云寺、阿里山宾馆、祝山附近，都是观赏云海的好去处，既安全，视角也好，很适合与孩子一起赏云。

给孩子讲趣味现象

　　一般白云都是高高飘在天上，离我们很远，为什么这里的云却是从山下升起，而且好像近得只要一伸手就可以抓一把呢？

　　这是因为阿里山海拔很高，气温很低，海边的暖气流会沿阿里山的山坡上升，与2000米处的冷气流凝结就形成云雾。而阿里山正好处在冷热气流凝结的高度，再加上云雾不断受到上升气流的冲击，就会出现不断翻滚，从山谷自下而上慢慢升起的现象了。

安全小提示

阿里山全年云雾天气可达250多天，这也意味着阿里山是个多雨之地，而且有时雨水下得较突然。所以，想要尽情在阿里山旅游，你除了尽量要选个好天气外，一定要随时做好防雨、防寒准备。

『阿里山五奇』之跳跃式日出

　　都说去阿里山不看日出，回去后肯定后悔。的确，在阿里山看日出是一种绝妙享受。阿里山的日出与众不同，不是慢慢地从地平线升起，缓缓地从黑暗到光明，而是在瞬间几秒钟"闪亮登场"，强光四射，仿佛一下子从黑夜到白天。

　　虽然只有短短几秒钟，但太阳的升起还是经历了弧形、半圆、大半圆的过程。当太阳升至大半圆时，会猛地沉下去，然后"嗖"地一下再从山顶一跃而起。那样子，如同少女在跳舞，先是舞姿曼妙，轻轻柔柔地，喘息片刻后突然迸发激情，血液沸腾，动作加快。

　　阿里山日出在升起的瞬间，会将山峦和林海染成红色，使整个山林看起来像一张超级华丽的红地毯，漂亮极了！再看看天空，似乎连白云也在给日出伴奏，颜色一会儿淡青，一会儿灰白，再过会儿还能变成殷红，景色蔚为壮观！

·温暖提示·

　　祝山观日楼，是欣赏日出的最佳地点。此外，在阿里山火车站、绍平车站，可以搭乘观日火车，火车司机会带你寻找最好的观日出地点。

『阿里山五奇』之旋动的铁路

大手牵小手，逍遥山水游

在阿里山五奇中，阿里山铁路非常独特，常被人们津津乐道。这条铁路克服了地形上的障碍，以独特的"阿里山碰壁"方式攀爬登山。据说它与印度大吉岭喜马拉雅山铁路、秘鲁安第斯山铁路，并称为世界著名的三大登山铁路。

之所以称它为"碰壁"式，是因为它上山路线呈"Z"形，攀爬形式为螺旋形，稍不小心就很可能和山壁"亲吻"。

这条铁路从嘉义县北门火车站出发，全长72千米，途中必须穿过62个大小不同的山洞，跨越387座山与山之间相连的桥梁，而且整条铁路好比一个大弹簧，一会儿露在山坡外，一会儿又掩埋在山中隧道里！坐火车翻越其中一座山，往往要转三四个圈，忽进忽退。过桥时，游人还会发现车轮下有小鸟在幽谷中飞翔，那感觉，真不止一个"险"字了得！如果游人想在铁路上折腾一个来回，必须得花上约8小时才行。

不过这8个小时，可不单单只让游人体会"碰壁"火车的惊险。在登山途中，火车会带游人穿越森林中的热带、温带和寒带，每个带区风景都不同，孩子们可一饱眼福了。同时每一带气候也不同，从山脚来到山顶，人就是从热夏进入寒冬。

俗话说"美景险中求"，游人大可放心带孩子来一次奇异火车游。其实，正可借此锻炼孩子的胆量与勇气。

给孩子讲沧桑历史

当年甲午战争时中国清政府战败，与日本签订了《马关条约》，将台湾割让给日本。日本派人到处考察，想开发台湾，结果发现台湾的阿里山有无比丰富的森林资源，于是，他们琢磨将阿里山的树木全部砍掉，运回日本。

可那时山上没路，想把树木运回日本根本就是天方夜谭。于是，日本人只好从1906年开始修路，这一修就是6年，1912年通车以后，阿里山的树木就被源源不断运下山，然后又运到日本，用来造纸与建房子。所以说，这条阿里山五奇中的旋动铁路，可不仅仅只是游人眼中的"险路"，还是一条承载了太多历史的沧桑之路啊！

71

『阿里山五奇』之艳丽的晚霞

大手牵小手，逍遥山水游

阿里山的晚霞也是阿里山一大美景。特别是当游人身处高塔时，晚霞之美更是一览无余，美妙绝伦。

夕阳斜射时，落日的余晖在棉絮般云海的折射下，有时会变成一个彩色画板，一片红，一簇紫，一团绿，一抹黄……层叠交织，色彩纷飞，演绎无规则的美丽，煞是迷人！有时它又会变成一条颜色均匀的彩虹，七层颜色渐变，让游人心旷神怡，忘却白天的疲惫。

欣赏阿里山的晚霞地点，和观赏云海的地点相似，只要是空旷之地就行。阿里山的晚霞由远及近，游人不需要换地点，哪怕在同一个地方，同一个角度，也会出现不同的美感。

奇妙的千年神木

大手牵小手，逍遥山水游

　　"神木"，是阿里山森林的地标，属于温带林区，是指山里树龄在1000年以上的树木。凡到阿里山的游人，都想亲眼看一看神木雄姿，因为它象征着一种积极向上的力量。

　　在阿里山神木车站的东侧，就有一棵高耸入云的神木，据说其年龄有3000多岁了，按年龄算，它是当之无愧的"亚洲树王"。它的树身有点倾斜，主干已被折断了，但神奇的是它的树梢依旧翠绿。树身高52米左右，腰围约23米，如果想将它围起来，非得十几个人手拉手合抱才行！

　　在亚洲树王的东南方，还有一种奇异而有趣的"三代木"，它因为三代树木

74

同根株而得名。据说这种树的第一代生长在1500年前，若干年后枯死，树干横倒在地上；250年后，从第一代的根株上，居然长出了第二代树木，后来第二代树木"外秀内空"，只剩下空皮囊矗立；300年后，又在同一根株上，生出第三代树。如今第三代树枝繁叶茂，树中有树，三代同堂，别有一番看头。

因为这树能枯而后荣，象征着源源不断的新生力量，所以很多到过阿里山的游人，都会用心抚摸"神木"，希望能沾上一点神木的灵气！

设计野趣大行动

阿里山神木家族不算很大，但每棵树都别具风格。我们不如和孩子一起去找一找、数一数、赞一赞吧！

鹿林神木

此树年龄有2800年了。树身高约43米，树身周长约为20米，在神木排行榜中排第二。

香林神木

此树树龄约2300年。树高43.5米，树身周长为13.1米。它位于香林园小操场下方的隐秘森林中。

万岁桧神木

此树树龄约2000年。树高约35米，树身周长为11米。

塔塔加夫妻树神木

它是在阿里山森林游乐区内，树龄未知。树高原为40米，后遭大火焚身和雷击等伤害，身高变为原来一半。

森林游乐姐妹潭

大手牵小手，逍遥山水游

　　位于阿里山森林游乐区的姐妹潭，是由一大一小两个明如镜的清潭组成。相传姐妹潭原是两座高山湖，因为有两个山地姐妹，双双到这里殉情，而使这两座高山湖泊得名"姐妹潭"。

　　姐妹潭中的姐潭是个较大的水池，有163平方米。在姐潭中央，有一处伐木后留下的树桩，人们以树桩为基础，在姐潭上建立了一座红屋顶的相思亭。站在亭子的走廊上看潭水，就会发现这里游鱼可数，水藻隐约可见。

　　而妹潭则看上去比姐潭小得多，只有20多平方米，并且在森林的围绕下整天"不见天日"，与世隔绝。

给孩子讲美丽传说

　　传说很久以前，这里没有阿里山，只有一个大潭和一个小潭，附近人们就靠这两个潭的潭水生存。

　　突然有一天，这里来了三只水牛般大的青蛙，把潭水搅得浑浊不堪。人们恨透了这三只青蛙，可又拿它们没办法，因为青蛙说，谁靠近水潭就吃掉谁。这时，潭山腰住着两姐妹，姐姐叫秀美，妹妹叫秀丽，姐姐的未婚夫叫阿里。他们三人商量着如何除掉那三只大青蛙。最后他们决定找妈祖婆婆帮忙。妈祖婆婆给阿里吃了一颗药丸，给两姐妹各吃了一个鱼心丸。

　　于是他们回到潭边和青蛙搏斗，最后一只青蛙被阿里压在身下，阿里马上就变成了一座大山。而两姐妹就变成了两条剑鱼，刺死了另外两只青蛙。于是，两姐妹从此就待在一大一小两个潭里，和阿里山住一起了。

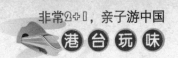
吃住行玩转大攻略

大嘴小嘴吃天下

● 邹族美食阿里山竹筒饭

　　阿里山邹族人做的竹筒饭，深受人们喜爱。传统做法是往桂竹的竹筒内装一些生糯米，然后用高丽菜或山酥塞住竹筒口，接着是将整个竹筒用炭烤。不一会儿，人就会闻到浓浓的竹香味。

　　待糯米烤熟以后，拨开竹筒你就会发现，一个长条米饭外面，居然还包裹着一层透明的竹膜。桂竹的清香，就算你此刻并不饿，也会忍不住想品尝一番了。如能配上阿里山特产的哇沙米加酱油的蘸酱，你就吃到了地地道道的邹族美食了！

● 阿里山爱玉子冻膏

　　爱玉，生长在海拔1000～1800米间的原始森林中，是一种经济价值很高的作物。阿里山气候好，是野生爱玉的生长基地。爱玉子，则是指爱玉所结的"果"——隐花果。

　　制作爱玉子冻膏，方法是先将爱玉子包裹在纱布内，浸泡在冷开水中清洗。但洗时要注意水中不能有油性物质，也不能加糖，否则爱玉子无法自行冻结。稍放置几分钟，见爱玉子呈黄色透明状，就表示它已结冻。然后淋上柠檬汁，再附上冰块，就可享受这清凉解暑又别具特色的爱玉子冻膏了。

● 阿里山明日叶鸡汤

　　明日叶鸡汤，是采用阿里山的特色植物——明日叶，和邹族土鸡为原材料，搭配多种中药材炖成的美味鸡汤。

　　明日叶生在阿里山，早晚接受露水的洗礼，具备一定的耐寒抗暑能力，用来炖鸡不仅味美，更能很好地滋补身体。一锅汤足够5人以上来品尝，一定不要错过哦。

● 当地好店推荐

台湾奋起湖老街
地址 阿里山脚下，嘉义县竹崎乡中和村。
设施 奋起湖老街传统小吃很多，公婆饼、火车便当等品种齐全。
价格 10～100元，性价比不错。

住宿信息大集锦

　　阿里山住宿从一般民宿到星级酒店，一应俱全，游人可根据自己喜好选择。但值得注意的是，大陆用"星级"表示酒店宾馆的层次，台湾则用"梅花数"来表明等级，梅花越多，等级越高。以下推荐两店是价格比较适中的住宿地：

绿叶仙踪休闲民宿
地址 嘉义县竹崎乡光华村顶笨仔22号。
设施 温泉、电器设施齐全，这里还有浅浅的小溪，小孩子可在大人视野之内玩水，是安全的。
价格 日式家庭套房，可住3～4人，约500元/间。

阿里山部落阁
地址 嘉义县阿里山乡中正村13号。
设施 水电齐全，平价房还配备下午茶（阿里山高山茶）。
价格 二人雅房约600元/间。

·温暖提示·

　　1.台湾电压为110伏特，插座为扁头二脚式，所以，建议游人自备转换插头或变压器。当然多带些备用电池也是不错的方法。

　　2.阿里山日夜温差大，旅店晚上会开通暖气。游客使用暖气一定要问清服务员，正确操作，否则会导致瓦斯外漏，就可能引发危险，一定要小心！

省钱小妙招

1. 乘坐阿里山小火车登山时，无论节假日票价一致：单程票399元/人。但一次性购买双程票就可打8.5折哦，计680元/人，每人可省118元钱！

2. 身高115～145厘米的儿童可半票，单程200元/人，双程340元/人。身高115厘米以下儿童免费。

安全大通关

🌡 防寒防病：★★★★★

❄ 防紫外线：★★★★☆

交通资讯供给站

1. 如果乘飞机到台北松山机场下，你可直接搭乘前往阿里山的旅游汽车，车程约5小时。

2. 如果乘火车，你可在嘉义北门火车站下，然后直接搭乘前往阿里山的森林火车。此外，不想坐火车的人也可先到嘉义市区，再转乘前往阿里山的公共汽车。

3. 如果你是自驾车，最快路线是：从南路第二高速公路（国道3号）→中埔交流道→阿里山公路（台湾18号省道）→中埔→隙顶→十字路→阿里山。全程约70千米，需要90分钟。

⚠ 高原反应：★★★★☆

⚠ 小心失足：★★★☆☆

亲子快乐小问号

1. 你觉得"阿里山五奇"中，哪个景观是最漂亮的呢？

2. 阿里山的树木可真有趣，你还记得你发现的那些"神木"的名字吗？

3. 阿里山的日出到底与别处有什么不一样？

4. 姐妹潭为什么叫"姐妹潭"？它有什么"背后的故事"？

澎湖，会唱歌的海岛

　　"海风轻拂澎湖湾，白浪逐沙滩……"《外婆的澎湖湾》唱出了多少人无比向往的美好童年。如果来这里，那些"阳光、沙滩、海浪、仙人掌"，真的都会从歌声中走出来，陪你过一段静谧、别样的梦幻海滩生活。

宝石般散落的群岛

大手牵小手，逍遥山水游

澎湖群岛位于台湾海峡的东南部，由马公岛、澎湖岛、渔翁岛、望安岛和七美屿等几十个大小岛屿组成，总面积达127平方千米。

澎湖群岛的岛屿，密密麻麻地分布在海面上。如果游人乘坐缆车，从空中鸟瞰澎湖群岛，会发现它们或像天空的星星，或像镶嵌在工艺品上的宝石，在茫茫碧海中显得非常动人。

澎湖海域分为内海和外海。内海是指马公、中屯、白沙、西屿四个岛，和中正桥、永安桥、跨海大桥环形相串，把一块海域围在当中形成的。内海平静如湖，是游人泛舟、戏水、潜水的好去处。

其余岛屿统称为外海，外海水面如同一幅立体画卷，动感澎湃。在这里，游人白天可享受它带来的视觉美景；晚上，可欣赏澎湖最新地标——西瀛虹桥的别样风姿，彩灯飞架，澎湖花火等，它们辉映着桥上的霓虹灯，将澎湖群岛的夜空点缀得异常缤纷！

海风轻拂澎湖湾，快乐逐沙滩

大手牵小手，逍遥山水游

　　澎湖湾，是由澎湖本岛、西屿岛、白沙岛围建而成的港湾，属于内海的一部分。它拥有内海的一切特点——安静、碧水蓝天。在这里，游人可尽情地做快乐的弄潮儿！

　　澎湖湾岸边有很多免费潜水镜和救生衣，可供游人穿戴。游人戴上潜水镜潜入海底，能清楚看到许多海底鱼类在水中游弋；同时，连湖底的珊瑚，都可以一一探清它的模样。

　　澎湖海域的珊瑚覆盖率是世界上最高的，这里的珊瑚色彩斑斓，琳琅满目。轴孔珊瑚、盘珊瑚、角珊瑚等，造型千姿百态，把澎湖海底装点得像个水晶宫！

　　游人在潜水过程中，除了用肉眼观赏美景，还可亲自动手——喂热带鱼。拿着小鱼饵，在珊瑚和热带鱼之间穿梭，总能吸引一群群彩色的热带鱼围绕自己游动，时不时过来抢食物，非常有趣。

　　还有踏浪、坐香蕉船、玩水上摩托、打沙滩排球、捡贝壳等，澎湖湾海滩上的活动之多，让游人目不暇接，难怪在这里，总有人乐不思蜀呢！

环保小提示

　　澎湖群岛的沙滩上，有一种"星沙"。但它其实不是沙，而是海中单细胞生物——有孔虫的残骸随风浪涌向岸边的。因为它形状可爱，闪闪发光，所以游人见了总想捡些带回家。不过，为防澎湖资源受损，此处管理规定不允许人们带走星沙。所以，与孩子一起做个合格的环保天使吧！

设计野趣大行动

澎湖湾的海滩有无数贝壳，五颜六色漂亮极了！与孩子一起捡到这么多好看的贝壳，怎么收藏最好呢？一起动手来DIY贝壳风铃吧！

小·贴士

贝壳风铃制作方法

工具材料：硬纸壳、贝壳、彩色线、剪刀、针。

制作方法：1.选12个漂亮贝壳，用针在这些贝壳的顶端各扎一个孔。

2.再把线从孔中穿过，注意穿之前，先将彩线一端系上死扣，防止贝壳脱落。

3.然后在同一根线上，分4节处理，分别系上4个贝壳，连成一串。

4.按同样办法系4串贝壳，彩线长短不一。

5.最后，用剪刀将硬纸板修剪成心形或正方形，再在下边线上扎4个小孔，将刚穿好的贝壳串全部拴上，漂亮的贝壳风铃就大功告成了！

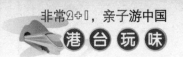
玄武岩奇形怪状会"唱歌"

大手牵小手，逍遥山水游

　　玄武岩奇观，是澎湖的又一特色。据说它是由海底火山喷发所致。火山喷出的玄武岩浆，在强劲的海风吹拂下，一层层由外而内剥落，形成洋葱状。一根根石柱紧密相连，排成扇形，仿似天女遗留在人间的裙子。

　　玄武岩颜色各异，有黝黑、褐黄、赤红等，在火山、海水与强风的作用下，它们有的轩昂参天，有的率性辐射，有的写意地仰卧，各具风骚。每当海浪不停拍打岩石时，那一座连一座的岩石就会发出"哧啦"的呼喊声，声音就好像岩石在唱歌！

　　经常被海浪洗刷的岩石，身体呈六角形，奇怪的形状总能让许多游人为它驻足。据说它前排的岩石倒下，后面马上会生出一排新岩石，可真是典型的"前仆后继"。

给孩子讲沧桑历史

　　澎湖有四宝，分别是文石、珊瑚、海树、猫公石。

　　其中以文石最为典型。它由多种矿物在特殊温度和压力下产生化学变化而生成，主要生长在玄武岩的缝隙中。世界上只有澎湖和意大利的西西里可出产。

　　猫公石也是玄武岩中的一种，坚硬的石质上布满了海洋生物腐蚀的粗孔，常用来装点家居。如果游人有时间，还可到海边亲自寻觅一番。

　　珊瑚属粉色石头系列，一般可加工成耳环、项链或小珊瑚树等。不过珊瑚易碎、怕酸，最好不要让它接触流汗的皮肤。

　　海树又名黑珊瑚、碧珊瑚，多半是渔民从水中捞起的。它硬度比珊瑚差，但耐高温，色泽持久，也具有极高的收藏价值。

吃住行玩转大攻略

大嘴小嘴吃天下

● 绿色仙人掌果

在澎湖，吃仙人掌果就如喝牛奶一样平常。仙人掌果，就长在满是硬刺的仙人掌上，果实成熟时呈紫红色，有"澎湖红苹果"之称。它除外表有刺外，果肉里还有一个大大的三角刺，所以，想要"平安地"吃一口仙人掌果，非得请卖仙人掌果的商家帮忙不可。

仙人掌果汁、仙人掌果冻都很好吃，尤其值得推荐的是——仙人掌冰。方法是先用仙人掌果汁做成果肉果酱，冰凉后加上碎冰，上面再淋上一些仙人掌冰淇淋，那冰凉中的酸甜美味，紫红色的视觉冲击，让人欲罢不能。

● 金瓜甜点

澎湖的金瓜有着金黄色的果肉，一种金瓜可变出五六种不同吃法，比如金瓜糕饼、金瓜挫冰等。光看外形，就能让人食欲大开。

● 当地好店推荐

易家仙人掌冰

地址 澎湖县白沙乡通梁村191—2号。

推荐菜品 除仙人掌果冻、仙人掌冰外，还有面包、甜点等。

价格 约5元。

澎湖味小吃部

地址 马公市中正路7巷4号（北辰宫广场前）。

推荐菜品 澎湖特色美食，烧肉饭、虾仔煎、炒乌龙面等。

·温暖提示·

此店开业时间为下午4点至晚间12点，不提供早餐和午餐。

住宿信息大集锦

长春饭店
地址　马公市中正路6号。
设施　交通方便，设施齐全，可步行到澎湖岛其他景点。
价格　约600元/2人套房。

阿里山部落阁
地址　湖西乡吴氏家园民宿
设施　游人可自由安排住宿空间，可自己作饭，备有后花园，可野炊或烤肉。
价格　约500元/晚。

安全大通关

交通资讯供给站

1.**航空：** 在台北、台中、嘉义、台南、高雄、屏东等地飞机场都有航班直接飞往马公岛机场，高雄还有航班直飞七美屿机场和望安岛机场。然后乘岛内公车或计程车，就可到达澎湖岛了。七八月份是去澎湖旅游的旺季，机票有时会被旅行社预订一空，因此如是自行前往，最好提前两三个月将票订好。

2.**乘船：** 在嘉义、高雄两地有船往来澎湖，从嘉义出发需90分钟，从高雄出发约需4小时。不过从嘉义发往澎湖的班船，在冬季会停航。因冬季澎湖风大，最为安全的方法还是乘飞机。

☀ 防日直射：★★★★★　　　　⚠ 小心溺水：★★★★★

亲子快乐小问号

1.《外婆的澎湖湾》那首歌真好听，你能唱给大家听吗？

2.澎湖海域分内海和外海，内海由哪些岛屿组成呢？

3.澎湖湾的岩石会唱歌，你能描述一下这种岩石的特点吗？

4.澎湖四宝分别是什么？

太鲁阁，要戴安全帽出行的胜地

给孩子的话

　　如果说台湾是美丽的宝岛，那太鲁阁，无疑是让宝岛锦上添花的奇景！太鲁阁纵横悬崖间，处处皆美景，让你体验戴安全帽出游的惊险与刺激……

神秘的U形峡谷

太鲁阁是台湾东部山区最著名的风景地，它发源于合欢山和奇莱山之间。按当地居民的意思，太鲁阁即"伟大的山脉"之意。太鲁阁景观惊险、陡峭，全因地壳作用形成，尤其以太鲁阁公园最为壮观。

太鲁阁公园建于1986年11月，横跨台湾花莲、南投及台中三县，总面积达9.3万公顷，是台湾第二大天然公园。公园以峡谷和山岳为主打，而峡谷又以立雾溪最为典型。从古至今，立雾溪的水源源不断向下流，切开了厚度超过1000米的大理石层，形成了太鲁阁垂直竖立的U形峡谷，很是振奋人心。

立雾溪大理石峡谷，也被称作"鲁阁幽峡"，全长20千米，两岸都是悬崖峭壁、断崖和许多不同造型的天然岩石。为安全起见，在景区内到处配备有安全帽，供游人免费使用。安全帽大小不一，最小的，甚至可供5个月大的婴儿使用。

给孩子讲沧桑历史

2亿年前，太鲁阁的石灰岩经过地壳、风水等原因，发生质变，成为大理石。水的冲刷使岩石下端被侵蚀，但由于大理石岩性紧密，不易剥落，就形成了今天这样"U"字形的独特景观，令人惊叹！

而这美丽岩石变质的同时，被立雾溪冲刷的岩石上游山区还出现了沙金。这引来无数葡萄牙人、荷兰人、西班牙人、日本人的争相掠夺。1914年，日本侵略者还发动了台湾历史上较大规模的"太鲁阁征伐战"，当地居民以不到3000人的兵力对抗2万多日军，最后寡不敌众，死伤无数。

幽谷断崖奇景连连

大手牵小手，逍遥山水游

● 九曲洞步道

九曲洞步道全长1220米，是中横公路最长的隧道，也是太鲁阁峡谷最精华的路段。这里没有车辆的干扰，游人可悠闲地在步道中漫步，欣赏太鲁阁幽峡的美景。

从九曲洞步道向下俯瞰，是水流湍急的立雾溪水；步道两边，是太鲁阁的山壁紧密对峙，游人只要一伸手，仿佛就能触碰到对岸的岩石。整个隧道"如肠之回，如河之曲"，但路面宽阔平缓，是一条难得的休憩长廊。

燕子口

在燕子口，游人可看到对岸大理石岩壁上有许多的小洞穴。据说每年到了春夏时节，就会有小雨燕、洋燕等，或在悬崖峭壁间唱歌，或在洞穴里筑巢，这也是"燕子口"得名的原因。

燕子口也有步道，是从燕子口到靳珩桥的隧道，这是太鲁阁幽峡中最脍炙人口的一段。在这个步道上，游人可欣赏太鲁阁峡谷、壶穴、涌泉、印第安酋长岩等景观，是登高远眺的好地方！

清水断崖

清水断崖，位于太鲁阁的苏花公路和崇德两站之间，是崇德、清水、和平等山临近大海所连成的大块石崖。

清水断崖高1000多米，以近90°的角紧靠太平洋，公路蜿蜒曲折，长约29千米。一边是悬崖峭壁，一边是惊涛骇浪，游人走在上面，有时会产生腾云凌空般的感觉，惊险无比！而定睛一瞧，一幅山、海、人、天、地，五者合一的壮丽画面，呈现在眼前，恐惧感顿然消失，豪迈感油然而生，那感觉简直妙不可言。

刚中带柔的奇美瀑布

大手牵小手，逍遥山水游

太鲁阁的瀑布，让太鲁阁的美多了几分柔和，也多了几分动感！太鲁阁的瀑布很多，主要有白杨、长春、水帘洞等著名瀑布，还有许多不知名的小瀑布，令人心旷神怡。

白杨瀑布

白杨瀑布位于三栈溪切入立雾溪的河口处。它原名"达欧拉斯"，意为"高耸的断崖"。

走出第五隧道，就可看见白杨瀑布倾泻而下，几经周折，汇入立雾溪。白杨瀑布水流湍急，和岩石"亲密"接触时，会留下敲击石块的惊天巨响。每每有阳光照耀在激流溅起的水花上，那白杨瀑布的上空，就会划出一道美丽的彩虹，景色愈加迷人！

水帘洞

从白杨瀑布处继续前行，穿过两座隧道就可到达"水帘洞"了。但请别误会，这个水帘洞，可不是神话故事中孙悟空的老家，它是太鲁阁的地下涌泉从白杨隧道顶端喷涌而出，自上而下倾泻，形成的一幕水帘洞天的特殊景观。

游人投身其间，让山泉洒落在身上，流向脚下，有如沐浴般畅快，甚至更多了份新奇。有时，游人或许还会有自己成了孙悟空的错觉，以为能穿山过水了！

独特动植物迷彩纷呈

大手牵小手，逍遥山水游

在太鲁阁，特殊的地理环境与地质状况，孕育着这里独特的动植物景观。

顽强生长的分层树木

从太鲁阁海拔最低的清水断崖算起，一直到最高山峰处的南湖大山，亚热带的樟楠林、温带的混合林、桧木林，寒带的铁杉、云杉、冷杉，三种不同气候带的植物，呈垂直趋势分层分布。

太鲁阁峡谷属岩层地质，土壤不易堆积，导致水分不好存留，所以，能生长在太鲁阁的植物多半是阳性耐旱、适应石灰岩地形的植物。地层变动频繁，植物也会呈现反复交替的现象，如"春生鲜花冬造林"，以此来挣得自己的一片天空，与碧水青山相互辉映。

弥足珍贵的台湾猕猴

太鲁阁奇岩峭壁上，生就了一群攀岩高手——台湾猕猴。台湾猕猴，是我国一级保阁峡谷中最常见的哺

太鲁阁的猕猴总为一个族群，由猴王带护动物，但同时也是太鲁乳动物。

共有8000多只，每10～50只领。清晨和黄昏是猕猴最活跃的时候，它们会在树枝间跳来跳去，搅得森林热闹 至极！

台湾猕猴很贪吃，峡谷内的浆果、核果、竹笋、甲壳虫、昆虫等，什么都吃。无论游人什么时候见到它们，它们的嘴里总是塞得满满的，像咿呀学语、什么都往嘴里塞的小孩，总能逗得人捧腹大笑！

吃住行玩转大攻略

大嘴小嘴吃天下

● 花莲小吃麻糕

这种麻糕的制法是将小米先煮成小米饭，使之凝结成块状。然后利用海滨常见的林投（一种树名），摘下叶子编成袋状塞入小米饭、糯米，和太鲁阁特有的食物——阿里碰碰一起煮，这个花莲麻糕就会有非常独特的芳香，让游人食欲大增。

● 炸蛋葱油饼

炸蛋葱油饼是花莲的传统小吃，外表金黄，香气十足。吃起来外层酥酥脆脆，内层柔软有嚼劲，搭配蒜泥酱汁，别有一番风味。

住宿信息大集锦

桧木居（民宿）
地址　花莲县吉安乡圣安村慈惠一街58号。
设施　水电齐全。
价格　约550元/晚。

交通资讯供给站

1. 从台北或台东火车站出发，乘火车坐到花莲，在花莲新城站下，然后搭乘公车或出租车至太鲁阁。

2. 乘坐客运专线，在花莲航空站、台铁花莲站，有专门的客运车抵达太鲁阁，如花莲客运、丰原客运等。

安全大通关

小心飞石：★★★★★

游人进入景区后，一定要认真阅读"安全提示牌"！

防寒防病：★★★★☆

亲子快乐小问号

1. 太鲁阁公园，你最喜欢的是什么景观呢？

2. 幽谷中有些景点真让人害怕！其中哪个景点让你记忆尤深？

日月潭，

敢和天堂较真的人间仙境

给孩子的话

　　日月潭是台湾省第一大自然淡水湖，自然风光美丽绝伦，比传说中的天堂还美！更有趣的是，日月潭形状一边像太阳，一边像月亮，让人忍不住会想：太阳公公和月亮婆婆，不在天上工作的时候，是不是就住在这里呢？

美丽无比的水上风光

大手牵小手，逍遥山水游

说到日月潭，小朋友肯定是早有耳闻，除了小学课本中早有介绍外，它还是历史上那个去西天取经的使者——唐三藏曾路过的避暑之地呢！

日月潭位于台湾西部的台南县鱼池乡，发源于合欢山。潭中间有个"珠子屿"，远看有点像落在玉盘中的珍珠。珠子屿像一条"楚河线"，将日月潭的湖面分成了两边，北边像太阳，南边像月牙，使得日月潭的形状与名字相互对应。

这里四面环山，树木郁郁葱葱，潭水晶莹剔透，再加上这里得天独厚的温暖阳光的照耀，使得湖中的小岛如星星般若隐若现，形成"青山拥绿水，明潭抱绿珠"的美丽自然景观。

日月潭最与众不同的地方，在于它多变的湖中美景。如果带孩子在湖上泛舟，会发现湖景随季节、天气、早晚的不同而千变万化，那湖面就像传说中会自动跳转画面的"魔镜"！

日月潭四季气候宜人，冬天平均气温在15℃以上，炎炎夏日最高温度也只有22℃左右。难怪连"明知一路有妖魔而仍不停赶路"的唐三藏，会选择在这里小憩片刻呢！

给孩子讲有趣的传说

　　传说很久以前，湖里住着两条大恶龙，它们无恶不作，还摘下了天上的太阳和月亮当玩具。这可急坏了人类，没有太阳和月亮，天地间漆黑一片，人们根本无法正常生活。

　　后来有位高山族青年，在一位划船姑娘的帮助下，摸索着到了湖底。他俩与恶龙拼命撕斗，最终夺回了太阳和月亮。可不管他们怎么用力将太阳和月亮往天上抛，太阳和月亮就是不能回到天上。于是，他俩从玉山上砍回两棵棕榈树，终于把太阳和月亮顶上了天。

　　正在此时，大湖悄悄变成了两半，一半像太阳，一半像月牙，于是就有了今天的"日月潭"。

韵味十足的山上村寨

大手牵小手，逍遥山水游

　　日月潭除了有美丽的湖、翠绿的山，还有很多其他景点同样"风情无限"。比如从日月潭收费站开始，以顺时针的方向环绕日月潭浏览，依次可以看见文武庙、孔雀园、日月村、玄奘寺等。

▲ 文武庙

　　文武庙位于日月潭北边的山腰上，"一埕（田地）二庭三殿"，里面供奉着文圣孔子、武圣关羽、岳飞，还有各路神通广大的神仙。这里简直是一个神仙和文圣、武圣聚会的场所，勤奋好学的小朋友来这里，或许还可沾染一点"英雄"气息呢！

　　另外，文武庙还是欣赏日月潭夕照的优选地点。游人从庙前码头登上365级的"天梯"，远眺日月潭，会发现日月潭如同一幅慢慢舒展开来的画卷，别有一番风味。

▶ 孔雀园

　　顺着文武庙后面的羊肠小径北下，就能到达孔雀园了。孔雀园内有200多种孔雀，花的、白的、蓝的、绿的都有，那些孔雀一见到客人就会翩翩起舞，迫不及待地开屏展现自己，漂亮至极。

　　孔雀园还有金鸡、银鸡、长尾雉等珍稀鸟类，而且孔雀园免费开放，喜欢孔雀的小朋友可别错过机会。

▼ 玄奘寺

　　玄奘寺是为了纪念唐三藏而建的寺庙，建于1065年。前面是珠子屿，后面是青龙山，是典型的"青龙戏水"之地。寺庙中有一个小塔，塔里面供奉着唐玄奘的部分遗骨和几颗舍利子。当然，这些舍利子只是供人观赏的，可没有《西游戏》中说的那么神奇，吃了可以长生不老。

　　另外，寺庙大殿前有座大鼓，可供游人敲击。据说这鼓充满了灵性，如果多敲几下，游人还会产生一种豁然开朗、奋发图强的向上力量。

吃住行玩转大攻略

● 潭产美味奇力鱼、曲腰鱼

奇力鱼和曲腰鱼，都是日月潭的特色美食。生活在日月潭边上的邵族人，当然"近水楼台先得月"，常将奇力鱼炸得酥酥的当零食吃！而曲腰鱼因为产量少、价格贵，所以能吃到嘴的人为数不多。

● 当地好店推荐

邵族头目·袁家美食

地址 南投县鱼池乡日月村勇义街93号。

推荐菜品 日月潭里琳琅满目的山产美食，曲腰鱼、奇力鱼等。

人均消费 约100元/人。

日月潭住宿选择很多，价格不等，较为经济实惠的有：

卢园民宿

地址 日月潭附近，鱼池乡大雁村大雁巷39—6号。

设施 水电设备一应俱全。

价格 300～400元/双人标准间。

1. 如果是自驾游，那可以先将车开至1号省道，然后转走14号省道，经草屯、双冬、钳子林，到爱尔兰桥右转21号省道南行，就会到达鱼池乡，最后顺着鱼池乡的指示牌，很快就可抵达日月潭。

2. 如果是乘飞机，可到台北松山机场下，这里有许多直接前往日月潭的客运班车，很方便。

⚠ 小心溺水：★★★★★

❄ 防寒防病：★★★☆☆

☀ 防日直射：★★☆☆☆

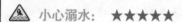

亲子快乐小问号

1.为什么说日月潭的湖面像"魔镜"啊？

2.去西天取经的唐三藏，遗骨葬在哪里了？

第二章

书香门第游

——品意蕴深长的文化大餐

台湾大学，天堂般美丽的学府

给孩子的话

　　你见过花园式操场吗？那可不只在梦里才有，台湾大学这所天堂般美丽的学府就藏宝纳美，它漂亮的校园、优雅的书卷气息，定会让你受益匪浅！

台大意蕴悠悠的前世今生

大手牵小手，逍遥文化游

台湾大学历史悠久，巴洛克式的古建筑随处可见。此外，台大的校园到处郁郁葱葱，犹如花园般让人心旷神怡。坐在总图书馆前宽阔的大草坪上休息，你会发现这里时常有白鸽飞过，醉月湖旁的树林里，还有小松鼠追逐、嬉戏……如果游客出游那天正好天气晴朗，阳光明媚，一定还能在这里闻到阵阵花香！

当然，校园里还不乏勤奋学习的莘莘学子。有的在图书馆书海徜徉，有的在实验室安静实践，到处都有学生在不懈寻找科学答案的身影，的确是名副其实的高等学府。

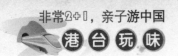

醉人的"校园十二景"

大手牵小手，逍遥文化游

　　台湾大学有著名的"校园十二景"，分别是：椰林大道、新总图书馆、傅钟、醉月湖、台大校门、傅园、溪头大学池、药医学院大楼、生态池、舟山路、校总区农场、共同三松。其中，以椰林大道、傅钟和新总图书馆最让人津津乐道。

◀ 椰林大道

　　进入台大的第一条"康庄大道"，就是椰林大道，大道两旁栽满了椰子树，一直通向新总图书馆。如果游客抬头看椰树，会发现它很高，直冲云霄，仿佛要和白云相连。据说，椰林是台大的象征和台大人的骄傲，同时，它还是莘莘学子所向往和追求的目标。

◀ 傅钟

　　傅钟，立在椰林大道的正中心，是为了纪念傅斯年先生所建。据说当年傅斯年到台大，任改制后的第四任校长。他带来了不少自由民主的思想，造就了台大今日的辉煌。

　　傅钟每一小时敲一下，但每天只敲二十一下，剩下的三小时，按傅先生的说法，是用来"沉思"的。

◀ 新总图书馆

　　椰林大道走到尽头，就是新总图书馆。它位于校园的中心，建筑采用了巴洛克风格和手法，重点突出山墙、拱窗与回廊。新总图书馆共六层，地上五层、地下一层，但由于每层都做了挑高设计，所以实际上相当于普通大楼的八九层高。

　　图书馆内的藏书非常丰富，文理医学工，应有尽有，让人爱不释手！

▼ 醉月湖

　　醉月湖是台大最有名的生态景点，每当学子心身疲惫或困惑不已时，就会来这里"静思"。瞭望湖心，有个幽静的小亭子立在其中，周围碧波轻摇，若是春季，这里还会有睡莲和垂柳装扮湖畔。面对如此美景，就算有糟糕心情此刻也会烟消云散！

　　此外，夏天的醉月湖还是赏蛙的好地方。广阔的草皮上，小雨蛙、泽蛙等都会跑出来"散步"，非常有趣。

◀ **傅园**

　　傅园里有多样热带植物标本图，非常珍贵。同时，傅斯年校长的骨灰也安葬在此。

▼ **台大校门**

　　台大的校门前，并没有围墙和花圃，倒更像一个宽大的广场，非常空旷，随时欢迎群众进出校园，让人备觉亲切。

107

▶ 溪头大学池

溪头大学池景色秀丽，山峰倒影、波光粼粼，偶尔还有薄雾缥缈飘过，让人如临仙境。

▶ 药医学院大楼

台大医学院建于1895年，1921年完工，是当时东南亚最大型、最现代的医院。乳黄色配上浅咖啡色的围墙，四周枫香树围绕，犹如一个迷人的庭院。它是台大的历史见证物。

▼ 舟山路

舟山路上自然与建筑景观丰富，紧邻新总图书馆、校总区农场、鹿鸣广场等校内重要地点。

▲ 生态池

　　沿舟山路向前走，会看见一大片绿色映入眼帘，那就是生态池。那里经常上演"蜻蜓点水""白鹭飞歌""鸭子戏水"等镜头，在大学校园能看到如此美景，别有一番情趣！

◀ 校总区农场

　　台大农场建于1924年，原是日本占领时台北高等农业学校的实习基地。1957年，正式成立为台大的附设农业基地。

▲ 共同三松

　　共同三松年龄不详，据有关专家推断可能与台大同龄。原本这样的松树有五棵，后因建造"共同教室"有所损坏，如今只剩下共同教室外那三株。

给孩子讲有趣故事

　　1949年台大校庆，傅斯年校长说了八个字——"敦品、励学、爱国、爱人"，以此勉励学生好学上进。这八个字，后来也变成了台大的校训。

　　傅校长去世后，人们为了纪念他，就为他铸造了傅钟，悬挂在行政大楼前的草地上。

　　傅校长还有一句经典名言："一天只有21小时，剩下的3小时是用来沉思的。"所以傅钟每天也只敲21下。这样做是为了提醒大家时间宝贵，读书、睡觉、做事，时间一定要合理安排。剩下的3小时沉思时间，是用来思考自己一天的所作所为，总结经验，提高内在人格修养等，千万不要虚度光阴。

吃住行玩转大攻略

大嘴小嘴吃天下

● 当地好店推荐

台大后门弄巷

地址 台大后门，穿过辛亥路即到，和平路2段118巷。

推荐菜品 台北特色美食、经济小吃应有尽有。

人均消费 几元到几百元不等。

住宿信息大集锦

欣和大旅社

地址 台北市大安区罗斯福路二段75—1号。

设施 简易旅馆模式，水电设备齐全。

价格 约400元/双人床

交通资讯供给站

1. 在台北市内，有多条公交线路抵达台大，如52、109、510、505等。

2. 在台北机场或火车站，可搭乘捷运，到"台大公馆"站下车，然后可步行到达台大。

省钱小妙招

在台北旅游，可在台北公车站或捷运站内办理"悠游卡"，该卡有租用版和旅游版等多种选择，只需交付一定押金后即可使用。用来乘车、停车会有相应的折扣，比付现金划算很多。有的卡片甚至有坐车免费的功能。旅行完毕，再到相应车站退卡还押金即可。

亲子快乐小问号

1. "台大十二景"中，傅钟每天只敲21下，那剩下3小时用来干什么？

2. 还记得台大最有名的生态景点叫什么名字吗？

台北故宫博物院，

见证中国历史的精华

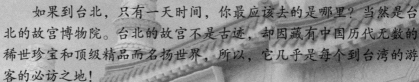

给孩子的话

　　如果到台北，只有一天时间，你最应该去的是哪里？当然是台北的故宫博物院。台北的故宫不是古迹，却因藏有中国历代无数的稀世珍宝和顶级精品而名扬世界，所以，它几乎是每个到台湾的游客的必访之地！

台北故宫，古韵十足

大手牵小手，逍遥文化游

台北故宫博物院坐落在台北士林区外的双溪县，集中国著名历史和文化艺术史为一身。台北故宫的建筑设计，吸收了中国古代宫殿建筑的精华，淡蓝色的琉璃屋顶，衬托米黄色的墙壁，洁白的玉石栏杆攀爬在青石台之上，古韵十足！

台北故宫收藏了在1949年从北京故宫、沈阳故宫和承德避暑山庄一起运到台湾的数万件中国历代瑰宝。如今的台北故宫，有稀世珍品70万件，分为书法、古画、碑帖、铜器、玉器、陶瓷、文房用具、雕漆、珐琅器、雕刻、刺绣、缂丝、图书、文献、杂项14类，经常展出的作品约有8000件，其余则每3～6个月更换一次。据说，一个人想要将台北故宫的文物全部看完，至少也得30年的时间。

台北故宫以前叫 "中山博物馆"。在故宫广场前，还有孙中山的手迹 "天下为公"，赫然映在由六根石柱组成的牌坊上，游客站立于此，能感受到孙中山当年说这话时的豪迈气概。

台北故宫藏品中，其中有一菜一肉一鼎共三件国宝，被视为 "镇馆之宝"，在陈列馆中永久性展出，不参与其他珍宝的更换活动。

● 清代玉雕 "翠玉白菜"

"翠玉白菜"，是光绪皇帝的妃子——瑾妃的嫁妆，它原陈列在瑾妃所居住的紫禁城永和宫。"翠玉白菜" 是由一块半灰白、半翠绿的玉石雕刻而成的。雕刻的艺人利用玉石自然的色泽，将绿色的部分雕成菜叶，白色的部分雕成菜帮，菜叶自然卷曲，筋脉分明，晶莹剔透，和真白菜如出一辙，仿佛稍一用力掰，这白菜嫩得都能滴水。菜叶上还攀爬着两只螽斯虫，与白菜一静一动，更添趣味！

白菜寓意做人清白，螽斯虫则有子孙绵延之意，因此，"翠玉白菜" 不愧是一件巧夺天工、寓意深刻又举世无双的嫁妆！

● 清代"肉形石"

　　"肉形石"从外观上看，很像红烧肉。其实它是由不透明的玉髓雕刻而成的，但色泽、纹理都是天然形成，没有一丝人工制造的痕迹。另外，它"肉"肥瘦层次分明，连毛孔都清晰可见，形象异常逼真。看见它的游客，有时甚至忍不住流口水，暗地里想象着，这"肉"吃到嘴里，肯定是美味无比吧！

给孩子讲沧桑历史

中国北京故宫，是中国历史上明、清两代二十四个皇帝居住的皇宫，内藏有数以百万计的珍贵文物。1925年，清朝最后的皇帝溥仪被冯玉祥赶出紫禁城后，皇宫就被更名为北京"故宫博物院"，成为向世人展示文物的地方。

20世纪的30～40年代，为保护文物不被日本人掠夺，故宫博物院将一部分珍贵文物迁出，几经辗转后迁往台湾。后来为了保存和展示这些文物，1965年，在台北就建造了这座仿北京样式的博物馆——台北故宫博物院。其中收藏的文物珍品，90%以上来源于北京故宫博物院。

● 西周时期"青铜毛公鼎"

此鼎是2800多年前西周时期的"国之重器"，于清道光末年在陕西岐山出土。在中国，有两件青铜器堪称"青铜器之最"，毛公鼎算是其中一件，它是铭文最多的青铜器。鼎内壁铭文文字多达497个，是如今人们研究西周历史的重要文物。另一件青铜器之最，是保存在北京博物馆的司母戊大方鼎，它是迄今为止最大、最重的青铜器。

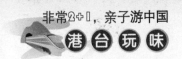
吃住行玩转大攻略

大嘴小嘴吃天下

● 翠玉白菜

这里的翠玉白菜可不是博物馆里陈列的"珍宝"哦，它只是一盘娃娃菜，以高汤微煮的形式炖制而成。它和"珍宝"异常神似，上面的樱花虾就很像"珍宝"上的螽斯虫，堪称"姐妹花"。

● 当地好店推荐

故宫晶华的大众美食街

地址 台北故宫旁边，故宫晶华的地下一楼。

推荐菜品 故宫推出的"国宝宴"。

人均消费 午间适用的经济餐，一般220元左右/单人套餐。

交通资讯供给站

在台北火车站、机场，均可坐公交车抵达士林官邸，然后转乘公交车可直抵故宫。

亲子快乐小问号

1. 台北故宫有三大镇馆之宝，它们分别是什么？

2. "翠玉白菜"是哪个皇帝妃子的嫁妆？妃子是谁？

3. 在中国，有两件文物堪称"青铜器之最"，那两件文物是什么？

附录：珍稀动物游——美丽的宝岛，可亲的生灵

木栅动物园，亚洲最大的动物园

木栅动物园，又称为台北市动物园。它建于1915年，原址在台北圆山，1986年迁至台北文山区。全园占地面积约165公顷，是亚洲最大的动物园。

木栅动物园采用"地理生态展示法"，即依照动物原先的生存习性，布置与动物原生地最接近的新生活环境，使动物不局限于铁笼，有自由的活动空间。这样，不仅可以让动物不用改变生活习性，也可让游客了解动物更真实的一面。

台北市立动物园展示馆有户外展示区和室内展示馆之分。

户外展示区包括以下几个馆区：

亚洲热带雨林区：

亚洲热带雨林区，占地面积2公顷，是台湾第一个兼具雨林模拟景观和活体动物的生态展示馆。如果带孩子进入这里，他或许还会有"身临其境"的错觉！鳄鱼、猩猩、长臂猿、大蟒蛇、孟加拉虎、四不像、野牛、浣熊等"住户"，时不时会在宽阔的草原上奔跑，总能惹来孩子恐惧或兴奋的尖叫声！

台湾乡土动物区：

它位于木栅动物园入口不远处。这里有20余种本土野生动物，其中台湾特有动物种和亚洲种占相当大部分，如台湾黑熊、台湾野猪、台湾猕猴、赤腹松鼠等。另外，这里还有许多几近绝迹的珍贵品种，如云豹、蓝腹鹇（xiǎn）、梅花鹿等。

儿童动物园：

它位于木栅动物园出口前方。在这里的"育婴房"，孩子们能看到许多新生动物睡觉，或者是它们蹒跚学步的娇态！当然，孩子也可在动物教室、艺坊、剧场等地，参加多姿多彩的活动，享受饲养动物的快乐。

鸟园区：

位于动物园东南方，占地约4公顷。包括鸵鸟园、红鹤池和水鸟类观察区，其中最让人津津乐道的是"天罗地网"般的大鸟笼，在这里，看鸟儿在身边自由飞翔，人鸟和平相处，那感觉真是奇妙！

沙漠动物区：

沙漠动物区是仿造真实沙漠建造的，这里虽没有滚滚黄沙漫天飞舞，但棕榈树、仙人掌等沙漠植物，数不胜数，还有骆驼穿梭其间。植物交叉错落，组成的沙漠绿洲或许还能让游客感受到丝绸之旅的古意。

澳洲动物区：

位于沙漠动物区旁。这里栽种了许多澳大利亚特有的桉树，所以澳大利亚的大灰袋鼠是这里的常住居民。此外，这里还有体型超大的鸸鹋（ér miáo）、食火鸡等。

非洲动物区：

位于澳洲动物区旁。这里生活着许多世界级珍贵动物，如非洲象、斑马、长颈鹿、犀牛、河马等。非洲区面积辽阔，动物以混居的方式生活。此时带孩子前往，说不定还能看到非洲草原动物聚集河边喝水的情景！

温带动物区：

这里主要以栖息在温带草原和森林中的动物为主，包括普氏野马、美洲野牛、麋鹿、棕熊、亚洲黑熊、山狮、河狸、水獭等。

室内展示区包括以下几个馆区：

新光特展馆：

新光特展馆是大熊猫"团团""圆圆"的新家。它位于园区的东南方，是台湾斥巨资于2008年6月建成的，专门用来展览世界珍稀动物的多功能展馆。展馆占地面积达5500多平方米，周围绿树环绕、风景优美。馆内楼高三层，"团团""圆圆"就住在一楼；二楼是游客服务中心，三楼是可容纳250人的国际会议厅。

两栖爬虫动物馆：

这个馆区分为四大类：湿地、热带雨林、温带森林和沙漠。它们分别以不同的生态环境，展示着各具特色的两栖动物。在这里，孩子们除可欣赏两栖动物爬行，还可翻阅馆内大量的图文资

料和标本解说，以深入了解两栖动物演化、构造、与人类的关系等知识。

夜行动物馆：

夜行动物馆是利用灯光，巧妙地将外界和馆内的世界昼夜颠倒，使游客能看见许多喜欢在黑暗中活动的动物。这个馆区一共有两层，一楼以猫头鹰、绒鼠、巨水鼠、蜜熊等小巧玲珑型动物为主，二楼则以软骨鱼、硬骨鱼、爬虫类、鸟类为主，二楼后半区还有台湾原种淡水鱼和古代鱼。

无尾熊馆：

位于儿童动物园后方的无尾熊馆，代表动物是无尾熊（又名考拉），它来自澳洲黄金海岸库伦宾保护区。无尾熊代表着两个城市间的友谊，因此深受人们的喜爱。

企鹅馆：

企鹅馆的代表是国王企鹅和黑脚企鹅，它们身体健壮，走路笨笨的可爱模样，总能引得孩子们情不自禁模仿。

昆虫馆：

昆虫馆有两层，一楼包括网室生态区、食草栽培温室、昆虫未来馆，尤其是这里的蝴蝶，多如繁星，漂亮至极；二楼则有多媒体教室、台湾区昆虫、台湾区温室等。

教育中心：

教育中心包括恐龙博物馆、动物园图书馆、演讲厅、半球体放映室、小教室和动物生态书店。这里有最精致、最壮观的生态全景，还有最生动的动物标本和恐龙模型！

· 温暖提示 ·

1. 游人可在台北市坐公共汽车236、258、291路，到木栅动物园站下车即可；或乘坐捷运木栅线，抵达木栅终点站，下车可见木栅动物园。

2. 木栅动物园全年开放，时间从9：00→17：00，但16点以后就停止入园。另外，室内展示馆周一公休，游客应尽量掌握好抵达动物园的时间。

台湾蝴蝶谷，色彩绚烂迷幻宫

台湾素有"蝴蝶之乡"的美称。据统计，这里的蝴蝶共有400多种，密如繁星！

在台湾，人们将蝴蝶"聚会"的山谷称作"蝴蝶谷"。目前已发现大型蝴蝶谷有10多个，且每谷景色各异。有的山谷，只有一种颜色的蝴蝶，在阳光的照耀下，纯净得如同刚染好的布料；有的山谷里有几种颜色的蝴蝶，待它们上下翻飞时，就像小朋友将"彩虹糖"抛向天空，铺天盖地的绚烂色彩，直叫人眼花缭乱！

高雄县美浓镇双溪上游的黄蝶翠谷

这条峡谷长500米，绿树成荫，山花烂漫，再加上这里生长着黄蝶幼虫喜欢的铁刀木，所以这里以盛产黄蝶而出名。每年3～6月，美丽的黄蝶就会在红花绿叶中嬉戏，连河床上都有它们成群戏水的风姿。黄蝶翠谷的蝴蝶颜色为清一色的淡黄，每当有人经过，它们就会振翅齐飞，形成一个巨大的黄金瀑布，和远方来的客人热情地打着招呼！

屏东县恒春半岛一带的彩蝶谷

恒春半岛一带，沿路可看到很多彩蝶成群飞舞。游客若想集中赏蝶，也可到位于恒春半岛上的垦丁公园的蝴蝶谷内。这里，以"凤蝶"最为珍贵。如黄裳凤蝶，身着金黄大衣，喜欢在森林树冠上空"游荡"，飞翔时舞姿悠然，步态轻盈，很有"王者"风范！金凤蝶，翅膀上有一层金粉，外加身上有五彩斑斓的花纹，在阳光下异常夺目。大红纹凤蝶，一般喜欢在金秋季节现身，身上鲜艳的颜色很抢眼，也很具备"蝶中明星"的潜质。

屏东县来义乡的紫蝶幽谷

每年冬天，密如繁星的蝴蝶就会将紫蝶幽谷的树木全部覆盖，借以取暖。由此可见，这里是蝴蝶选择过冬的好去处。这儿的蝴蝶大部分是紫色，它们有很强的向光性，如果深夜在幽谷中点一把火，紫蝶群就会立刻上演飞"蝶"扑火的悲剧，那连串的"嘶啦"声，真像瀑布敲击岩石的声音！

南投县北部埔里镇的蝴蝶生态园

这个园内蝴蝶种类多，姿态万千。园区内有一种聪明的大白斑蝶，被人抓到后喜欢装死，它在园区内数量最多；还有树叶蝶，因长得特像枯叶而得名。最特别的是，这里的蝴蝶喜欢喝酒，如果你在吃饭的器皿上撒上一点酒，这些可爱的小精灵还会陪你共进美餐呢！

台中县东势镇东势林场的彩蝶谷

东势林场的彩蝶谷种植了许多引诱蝴蝶的植物，如马缨丹，花朵硕大美丽，是低海拔山谷里蝴蝶最喜欢的植物。还有马利筋、月桃、仙丹等引蝶树木，游客穿梭其间，一边可欣赏繁花绿叶，一边目睹彩蝶翩翩起舞，非常惬意！

另外，台北巴拉卡公路的"大屯蝴蝶走廊"、三峡双溪的"彩蝶谷"、高雄的"六龟彩蝶谷"等，都是赏蝶的好去处。

给孩子讲美丽传说

从前，有一族爱好和平的人为了逃避战乱，来到一个无人禁区——一片被施了咒语的魔鬼森林。这里，人们通常是有进无出，除非他们能找到森林中的许愿池，化解魔法。

在寻找许愿池的过程中，族长、勇士相继诡异地死去，大家都很害怕。但为了和平，大家决定继续寻找许愿池。最后，在蝴蝶仙子的指引下，大家如愿以偿地找到了许愿池。

人们欢呼着，围在许愿池边，诉说着美好的愿望。忽然，许愿池边的老树掉下一枝蔓藤。人们顺着蔓藤向下爬，来到一个神奇的山谷。山谷里有漫天的蝴蝶在飞舞，平原上还有微风与水流在呢喃。人们陶醉在这美景中。就在这时，蝴蝶仙子化成了一棵参天大树，发誓要守护这里的安宁。

人们为了纪念她，就将这美丽的地方取名叫做"蝴蝶谷"。

安全大通关

⚠ 小心蝶毒： ★★★★★   ⚠ 小心刮伤： ★★★★★